KB114572

鵬붕정대연가

붕정대연가(鵬程大戀歌) 15

임영기 新무협 판타지 소설

초판 1쇄 찍은 날 § 2022년 2월 11일
초판 1쇄 펴낸 날 § 2022년 2월 18일

지은이 § 임영기
펴낸이 § 서경석

총괄팀장 § 황창선
편집책임 § 김우진
디자인 § 스튜디오 이너스

펴낸곳 § 도서출판 청어람
등록번호 § 제387-1999-000006호
등록일자 § 1999. 5. 31
어람번호 § 제2-2902호

본사 § 경기도 부천시 부일로 483번길 40 서경B/D 3F (우) 14640
편집부 § 서울시 구로구 디지털로 272 한신IT타워 404호 (우) 08389
전화 § 02-6956-0531 팩스 § 02-6956-0532
http://www.chungeoram.com
E-mail § chungeorambook@daum.net

ISBN 979-11-04-92418-7 04810
ISBN 979-11-04-92299-2 (세트)

도서출판 청어람

15

임영기 新 무협 판타지 소설
Cover illust A4

붕정대연가

FANTASTIC ORIENTAL HEROES

목차

第百五十二章

평정의 첫걸음

복건요부와 장태마부는 예상했던 것보다도 훨씬 늦게 선학 서원에 들이닥쳤다.

상대가 만만치 않을 것을 짐작하고 자기들 딴에는 최강의 전력을 이끌고 오느라 늦은 것이다.

원래 복건요부와 장태마부는 한통속이었다. 아까 세 명의 요녀와 세 명의 마졸이 선학서원을 괴롭힐 때도 그랬지만 지금 그들은 같이 선학서원에 들이닥쳤다.

진천룡으로서는 전혀 예상하지 않았던 일이 벌어졌다.

복건요부와 장태마부가 천여 명에 달하는 많은 고수들을 이 끌고 선학서원에 쳐들어온 것이다.

잠시 후에 알게 된 사실이지만 복건요부와 장태마부는 이곳 장태현의 모든 방파와 문파에서 고수들을 선발하여 이끌고 오느라 늦게 온 것이었다.

복건요부 부주와 장태마부 부주는 수하들을 이끌고 굳게 닫혀 있는 선학서원 전문을 부수고 들이닥쳤다.

복건요부 휘하 팔십 명, 장태마부 휘하 육십오 명이 앞서고 그 뒤에 장태현 내 방파와 문파에서 선발한 고수 삼백여 명이 따르고 있다.

그들 삼백여 명은 선발한 천여 명 중에서도 일류에 속하는 고수들이다.

선학서원은 무림의 방파와 문파와는 달리 서원이라서 전문과 전각 사이의 마당이 그다지 넓지 않다.

그곳에 사백오십여 명이 모여 있으니까 발 디딜 틈조차 없이 꽉 들어찼다.

선두인 보건요부 부주와 장태마부 부주를 비롯한 핵심 인물들은 전각의 돌계단 위까지 올라왔다.

자신들이 그러고 싶어서 그런 것이 아니라 뒷사람들에게 밀리다 보니까 돌계단 위에 올라설 수밖에 없었다.

선두에 있는 두 명의 부주와 측근들에게서 다섯 걸음 앞에 전각의 대전 입구가 있는데 문이 굳게 닫혀 있다.

게슴츠레한 눈을 지닌 사십 대 중반의 삐쩍 마른 장태마부 부주가 대전 입구를 가리키며 음산하게 말했다.

"부숴라."

차앙!

그러자 간부급 한 명이 어깨에서 도를 뽑으면서 당당하게 입구로 다가갔다.

그때 대전 입구가 활짝 열렸다.

그그궁!

"어헛?"

문이 양쪽으로 활짝 열리자 다가가던 간부급은 화들짝 놀라서 급히 뒤로 물러섰다.

두 명의 부주와 측근들은 활짝 열린 대전 입구를 뚫어지게 주시했다.

이윽고 대전 안에서 발소리가 나더니 누군가 걸어 나오기 시작했다.

선두에 진천룡과 부옥령, 그리고 그 뒤에 훈용강과 청랑, 은조, 옥소, 그리고 취봉삼비가 따랐다.

두 명의 부주와 측근들은 진천룡과 부옥령을 모르기 때문에 기세등등한 모습으로 어깨를 흔들고 있었다.

이십 대 초반의 진천룡과 십칠 세 부옥령의 외모는 어느 누구에게도 위협이 되지 못했다.

영준한 청년과 천하절색의 소녀로서 시선을 끈다면 모르겠지만 말이다.

진천룡과 부옥령이 두 명의 부주 세 걸음 앞에서 멈추자 뒤따르던 훈용강과 청랑을 비롯한 여자들이 좌우에 일렬로 죽 늘어섰다.

복건요부와 장태마부의 인물들이 재빨리 앞으로 나선 사람들의 모습을 훑었다.

그러다가 우뚝 서 있는 훈용강을 발견한 몇몇 사람이 외마디 신음을 터뜨렸다.

"앗!"

"어헛!"

물론 두 명의 부주도 삼절맹의 맹주인 삼절사존을 한눈에 알아보았다.

그러자 복건요부와 장태마부 인물들 사이에 심한 소요가 일었다. 훈용강을 보면서 웅성거리느라 정신이 없다.

그때 부옥령이 조용한 목소리로 말문을 열었다.

"우리에게 무슨 볼일이 있느냐?"

천하절색의 미모를 지닌 소녀가 미모에 걸맞지 않은 카랑카랑한 목소리로 말하자 두 명의 부주 이하 요녀와 마졸들은 급격히 위축됐다.

장태마부의 부주가 쪼그라든 목소리로 조심스럽게 물었다.

"실례지만 낭자는 누구시오?"

조금 전까지만 해도 선학서원에 있는 것이라면 개 한 마리조차도 두 동강을 내서 죽일 것이라고 기세등등하게 쳐들어왔던 그였다.

부옥령은 훈용강을 쳐다보았다.

"용강아, 내가 누구냐?"

그녀의 말을 듣고 좌중 여기저기에서 비명이 터졌다. 귀때기 새파란 어린 소녀가 삼절사존의 이름을 함부로 막 불렀기 때문이다.

그런데 그다음에 혼비백산할 일이 벌어졌다. 훈용강이 부옥령에게 공손히 허리를 굽힌 것이다.

"영웅문의 좌호법이신 무정신수이십니다."

부옥령은 매우 기특하단 표정을 지으며 고개를 끄떡였다.

"오호! 잘 알고 있구나."

훈용강이 부옥령의 신분을 모를 리가 없는데도 그녀는 짐짓 흐뭇한 미소를 지었다.

훈용강의 말에 좌중이 뒤집어지고 말았다.

대저 영웅문이 어떤 문파인가. 절강성을 제패하고 강서성까지 진출하여 강서제일문파인 조양문을 휘하에 거둔 대문파가 아니던가.

그런데 저 어린 소녀가 그 영웅문의 좌호법인 무정신수라니 졸도할 일이 아니겠는가.

부옥령은 요녀와 마졸들하고 귀찮게 밀고 당기기를 하기보다는 아예 말로 끝장을 낼 생각이다.

그녀는 요녀와 마졸들이 알아볼 만한 취봉삼비를 가리키며 명령했다.

"너희 세 명은 각자 소개를 해라."

제일 먼저 한하려가 전면을 보면서 눈을 번뜩였다.

"나는 취봉문 태상문주 한하려다."

그다음은 소가연과 화운빙이 차례로 자신을 소개했다.

"취봉문주 소가연이다."

"취봉삼검의 일검 화운빙이다."

좌중에서 신음인지 비명인지 모를 쥐어짜는 듯한 소리들이 여기저기에서 마구 흘러나왔다.

복건성을 실질적으로 지배하는 세 개의 방파와 문파는 삼절맹과 취봉문, 그리고 마도인 유마부다.

그런데 이곳에 삼절맹의 맹주 훈용강과 취봉문의 태상문주, 문주, 장로인 취봉일검이 왕림한 것이다.

부옥령이 마지막으로 두 손을 들어 진천룡을 공손히 가리키며 말했다.

"이분은 영웅문주이신 전광신수 진천룡이시다."

"으어어……."

"이런 맙소사……."

좌중에서 입에 거품을 문 자들의 괴성과 신음이 난무했다.

눈앞에 벌어진 이 사실을 믿지 않을 수가 없다. 전광신수와 무정신수, 그리고 철옥신수 영웅삼신수에 대한 소문은 대강남북에 쩌렁하게 퍼져 있었으므로 사람들은 그들의 외모에 대해서 너무도 잘 알고 있다.

부옥령의 말을 듣고 보니까 진천룡과 부옥령의 외모가 소문에 듣던 것과 꼭 닮았다.

장태마부 부주가 귀신을 본 듯한 표정을 지으며 손을 들어 부옥령을 가리키고 신음처럼 중얼거렸다.

"그… 럴 리가 없다… 어떻게 이런 일이……."

사실 그는 눈앞에 벌어진 일을 믿지만 어째서 이런 상황이 벌어지게 되었는지를 믿지 못하는 것이다.

화운빙이 마부주에게 손을 뻗으며 싸늘하게 말했다.

"믿게 해주마."

"끄윽……."

마부주는 갑자기 목이 밧줄에 조인 듯한 신음을 터뜨리며 두 손으로 자신의 목을 감싸 잡았다.

그 순간 그의 몸이 허공으로 스르르 떠올랐다.

"끄으으……."

마부주는 두 손으로 자신의 목을 움켜잡고는 온몸을 비틀면서 다리를 파닥거렸다.

좌중에 있는 모든 사람들은 화운빙이 손을 허공을 향해 뻗자 그 손끝에 마부주가 대롱대롱 매달려 있는 광경을 똑똑히 목격했다.

이곳에 있는 어느 누구도 초상승의 신기인 허공섭물신공을 한 번도 본 적이 없었다.

화운빙은 허공으로 뻗은 손을 한쪽으로 홱! 떨쳤다.

"으아아!"

그러자 마부주가 쏜살같이 그 방향으로 날아가면서 처절한 비명을 질렀다.

퍽!

"끄악!"

잠시 후 그는 십오륙 장 떨어진 전각의 벽과 호되게 충돌했다가 바닥에 떨어졌다.

그는 몇 번 꿈틀거리다가 축 늘어졌는데 모르긴 해도 즉사했을 것이다.

좌중은 바늘 하나 떨어지는 소리도 들을 수 있을 정도로 고요해졌다.

그때, 훈용강이 우렁우렁한 목소리로 좌중에 대고 말했다.

"거기 뒤쪽은 복건요부와 장태마부 놈들이 도주하지 못하도록 봉쇄해라!"

복건요부와 장태마부 고수들이 화닥닥 놀라서 우왕좌왕할 때 훈용강의 말이 이어졌다.

"선학서원 밖에 포위망을 치고 있는 자들은 복건요부와 장태마부 놈들이 도주하면 가차 없이 주살하라!"

진천룡 등을 상대하려고 복건요부와 장태마부가 이끌고 온 장태현 내 방파와 문파를 이용하자는 것이다.

훈용강은 조금 목소리를 높였다.

"알아들었으면 대답하라!"

그러자 잠시 간격을 두었다가 장원의 안팎에서 쩌렁쩌렁한 외침이 터졌다.

"알겠습니다—!"

강제로 끌려온 장태현 내 방파와 문파의 고수들로서는 고민할 이유가 없다.

영웅문이 출현했으니 복건요부와 장태마부는 끝장이라고 봐도 무방할 터이다.

선두에 서 있는 복건요부의 요녀들과 장태마부의 마졸들 얼굴이 거멓게 질렸다.

이끌고 온 천여 명이 합세를 한다고 해도 영웅문을 이길지 말지 불확실한데 그들이 영웅문 편에 섰으니 복건요부와 장태마부로서는 벼랑 끝에 서 있는 상황이다.

훈용강은 생각할 틈을 주지 않고 복건요부와 장태마부에게 말했다.

"너희들이 취할 수 있는 길은 둘이다. 무공을 폐지하고 살아서 떠나거나 이 자리에서 죽는 것이다."

순간 자욱한 고요가 장내를 지배했다. 아무도 입을 열지 않고 극도로 긴장한 표정을 지으며 숨도 쉬지 않았다.

훈용강이 말을 이었다.

"무공을 폐지하고 떠나는 자에게는 일인당 은자 천 냥씩 지급하겠다."

그의 마지막 말은 진천룡이 전음으로 알려준 내용이다. 진천룡은 조금 전까지 요계와 유마부의 요녀, 마졸이었던 자들이 무공이 폐지된 채 떠난다면 대체 뭘 해서 먹고살 것인지를 가늠한 것이다.

"무공을 폐지할 자들은 한쪽으로 나서라."

훈용강의 말에 복건요부와 장태마부 속에서 커다란 소요가 일어났다.

그들은 동료들과 수군거리면서 의논을 하거나 서로의 뜻을 맞추었다.

"허튼 생각 하지 마라!"

그때 복건요부의 간부로 보이는 삼십 대 중반의 여자가 쨍하는 외침을 터뜨렸다.

퍽!

"끅!"

그러나 다음 순간 그녀는 머리에 엄지손톱 크기의 구멍이 뻥 뚫리며 즉사했다.

화운빙은 손을 뻗어 복건요부와 장태마부의 간부들을 가리키며 싸늘하게 말했다.

"입만 벙긋하면 머리를 박살 내주마."

화운빙의 위협이 아니더라도 복건요부와 장태마부의 간부들은 입도 벙긋할 마음이 없었다.

일 각 후, 복건요부와 장태마부에서 무공을 폐지할 자들이 모여 섰다.

아니, 모이고 자시고 할 필요가 없다. 그들 백오십삼 명 전원이 무공 폐지를 원했기 때문이다.

은조가 그들에게 낭랑한 목소리로 알려주었다.

"장태현 현내 중평장(中坪莊)에 가면 너희에게 각자 은자 천 냥씩 지급할 것이다."

장태현 중평장은 십엽루가 운영하는 전장이며 복건성 전체에서 세 손가락 안에 꼽히는 대형 전장이다.

부옥령의 명령을 받고 반각 전에 옥소가 중평장으로 갔다.

훈용강은 둘러선 장태현의 방파와 문파의 고수들을 둘러보며 웅혼하게 외쳤다.

"무공을 폐지하고 떠나는 사람들에게 해코지를 하는 자는 즉결 처분 하겠다!"

그것 또한 진천룡의 뜻이다. 진천룡은 비록 악인일지언정 죽이는 것보다는 개과천선의 길을 열어주는 쪽이 좋을 것이라고 믿었다.

복건요부와 장태마부의 요녀와 마졸 모두를 무공 폐지 하는 데 한 시진이 소요됐다.

그들이 모두 떠난 후에 진천룡의 명으로 복건요부와 장태마부의 강요에 못 이겨서 따라온 장태현의 방파, 문파의 수장들이 한자리에 모였다.

그들은 서른두 명이며 진천룡 앞에 다섯 줄로 늘어서 더 이상 공손할 수 없는 자세를 취하고 있다.

*　　　　*　　　　*

진천룡은 자리에서 일어나 서른두 명에게 가까이 다가갔다가 세 걸음 앞에서 멈추더니 그 자리에 주저앉으며 두 손으로 앉으라는 동작을 취해 보였다.

"자! 다들 앉읍시다."

이곳의 서른두 명은 영웅문주 같은 쟁쟁한 인물을 직접 보는 것도 처음이지만, 그런 인물이 지금처럼 격의 없이 행동하는 것은 더더욱 본 적이 없었다.

그런데 부옥령이 진천룡 옆에 자연스럽게 앉자 두 사람 좌우로 훈용강과 취봉삼비가 앉고 청랑과 은조, 옥소는 뒤에 나란히 섰다.

우두머리 서른두 명은 난생처음 보는 생소한 광경에 어떻게 해야 할지 머뭇거렸다.

진천룡이 앉으라고 했지만 그냥 말로만 그리한 것 같은 기분이 들었다.

부옥령은 앉으라는 손짓을 해 보였다.

"주군께서 앉으라고 말씀하시면 앉으면 돼요."

서른두 명의 우두머리들은 서로의 얼굴을 쳐다보더니 이윽고 하나둘 바닥에 앉기 시작했다.

서른두 명이 모두 앉자 언제나 그랬던 것처럼 부옥령이 모두를 한 차례 둘러보고 나서 말문을 열었다.

"우리가 어떻게 하면 좋을지 좋은 의견이 있으면 허심탄회하게 말해보세요."

잠시 침묵이 흐르는 중에 우두머리들의 시선이 자연스럽게 한 사람에게 집중되었다.

그는 진천룡 쪽에서 봤을 때 앞쪽에 앉아 있으며 삼십오륙 세쯤의 나이에 당당한 체구와 시커먼 구레나룻을 길렀으며 부리부리한 호목(虎目)을 지닌 호남형이다.

모르긴 해도 호목의 장한은 장태현 방파와 문파의 우두머리들 중에서도 존경을 받는 인물인 것 같았다.

호목의 장한이 엉거주춤 일어서려는 것을 부옥령이 손을 들어서 제지했다.

"앉아서 말하세요."

호목의 장한은 앉은 자세에서 상체를 꼿꼿하게 펴고 진천룡과 부옥령을 향해 정중하게 포권을 했다.

"일신문(日新門)의 비룡일신(飛龍日新) 형곤(邢昆)이 한 말씀 올리겠습니다."

부옥령은 가볍게 고개를 끄떡였다. 말해보라는 뜻이다.

비룡일신 형곤은 흔들림 없이 말했다.

"어떻게 하면 우리를 그냥 내버려 둘 겁니까?"

부옥령은 미간을 살짝 좁혔다.

"우리가 당신들을 어떻게 했나요?"

형곤은 부옥령을 똑바로 응시했다.

"이제부터 우리를 어떻게 할 거 아닙니까?"

부옥령은 형곤의 말을 즉각 알아들었다. 지배자들이 다 그렇듯이 영웅문도 요천사계나 유마부처럼 자신들 위에 군림하면서 억압할 거 아니냐는 뜻이다.

형곤은 취봉삼비를 쳐다보면서 말했다.

"복건성의 모든 방파와 문파들은 취봉문에 매월 막대한 상납금을 내고 있습니다."

뭔가 반응을 보일 것이라고 예상했던 취봉삼비가 그냥 말없이 자신을 쳐다보기만 하자 그는 목젖을 한 번 울리고는 말을 이었다.

"우리들은 취봉문에만 상납금을 내는 것이 아닙니다. 요천사계와 유마부에도 냅니다. 아까 무공을 폐지시킨 복건요부와 장태마부가 돈을 거두었습니다. 그래서 우리 모두는 허리가 휘다 못해 부러질 지경입니다……!"

말을 하는 과정에 그는 자신의 말에 격분하여 목소리가 점점 더 격앙됐다.

"그것 때문에 복건성의 방파와 문파들의 수가 반토막 났습니다. 절반 이상이 봉문이나 폐문을 했습니다. 상납금을 못 내면 몰살을 당하기 때문에 스스로 문을 닫은 겁니다."

부옥령이 손바닥을 펴서 내밀었다.

"그만해라."

그녀는 조금 전까지 정중했지만 형곤의 말을 듣는 동안 슬슬 짜증이 생겨서 곧장 하대를 해버렸다. 그녀의 인내심은 여기까지뿐이고 굳이 이 자리에서 예의를 차릴 필요가 없다고 판단했다.

형곤은 움찔하며 부옥령을 쳐다보았다.

부옥령은 이맛살을 찌푸리며 형곤을 꾸짖었다.

"좋은 의견이 있으면 말하랬지 우는소리로 징징거리라고 하진 않았다."

형곤은 부옥령이 했던 말을 기억해 내고 부끄러움 때문에 얼굴을 붉혔다.

자신이 생각을 해봐도 너무 우는소리만 늘어놓은 것 같았다. 더구나 영웅문은 아직 그들에게 아무런 잘못이나 죄를 짓지 않았다.

부옥령은 화운빙을 쳐다보지도 않고 그녀에게 명령했다.

"운빙, 네가 이들에게 설명해 줘라."

화운빙은 부옥령에게 공손히 고개를 숙인 후에 형곤과 좌중을 보면서 엄숙한 표정을 지었다.

"일 년여 전, 본문은 검황천문의 협박을 받았소. 매월 자신들이 정해놓은 금액을 상납하지 않으면 복건무림을 짓밟겠다는 것이었소."

"아⋯⋯."

"그런 일이⋯⋯."

형곤을 비롯한 중인들은 처음 듣는 사실에 크게 놀라서 탄성을 터뜨렸다.

화운빙은 굳은 얼굴로 설명을 이었다.

"그 당시에는 검황천문이 복건무림을 짓밟을 것인지 아닌지를 놓고 도박을 할 만한 상황이 아니었소. 어쨌든 본문의 판단으로는 그들의 요구를 거절하면 즉각 복건무림을 짓밟을 것 같았소. 그래서 그들에게 상납금을 바치기 위해서 복건무림의 육백여 방파와 문파들에게 돈을 걷은 것이오."

형곤을 비롯한 우두머리들은 진지하고도 무거운 표정으로 고개를 끄떡였다.

그들도 강남무림에서 검황천문이 어떤 존재인지 너무도 잘 알고 있기 때문이다.

그런 그들이 복건무림을 짓밟겠다면서 돈을 요구한다면 어느 누구라도 들어줄 수밖에 없다.

그러므로 그것은 취봉문의 잘못이 아니다. 어찌 보면 취봉문이 잘했다고 칭찬을 해줘야 마땅한 일이다.

화운빙의 표정이 착잡해졌다.

"본문은 복건성 육백여 방파와 문파들에게서 상납금을 거두어 검황천문에 주고 본문의 수입으로는 빈민을 구제했소. 상납금을 거둔 것에 대한 일종의 보상이었소."

부옥령이 거들었다.

"그것 때문에 취봉문은 반년 전부터 문하고수들 녹봉은커녕 끼니를 걱정해야 할 처지가 되어 복주의 만보장에서 돈을 빌려 겨우 연명했었다."

취봉삼비는 참담한 표정으로 입을 다물었다.

형곤을 비롯한 중인들은 적잖이 놀라는 표정으로 취봉삼비를 쳐다보았다.

취봉문이 그 정도였을 것이라고는 아무도 짐작조차 하지 못했기 때문이다.

그렇다면 취봉문은 자신들보다 더 형편없는 상황에 처해 고생을 했다는 뜻이다.

하지만 취봉삼비는 중인들이 자신들을 쳐다보는 것 때문에 자존심이 몹시 상했다.

그들이 자신들을 불쌍하게 여기는 것이 싫은 것이다. 어쨌거나 취봉문은 복건제일문파가 아닌가.

화운빙은 기분 나쁜 표정을 지우고 진중한 얼굴로 마지막 말을 맺었다.

"본문은 영웅문 휘하에 들어갔소."

모두 놀라면서도 취봉문이 그렇게 한 것을 이해할 수 있다는 표정을 지었다.

취봉문으로서는 벼랑 끝에 몰린 상황이라서 영웅문의 보호를 받지 않을 수 없게 됐을 것이라고 짐작한 것이다.

형곤은 취봉삼비를 보면서 고개를 갸웃거렸다.

"당신들 중에 취봉문주를 제외한 두 분은 우리가 알고 있는 취봉문 태상문주와 취봉일검의 외모가 아닌 것 같은데 어찌된 일인지 설명해 줄 수 있습니까?"

화운빙은 두 손으로 진천룡을 공손히 가리키며 말했다.

"나와 태상문주께서 여기 주인님의 은혜를 입어 무위가 많이 증진된 덕분에 나이보다 젊어진 것이오."

"아……."

"설마 그런 일이……."

중인들은 화운빙이 자세하게 설명하지 않았으나 무슨 일이 있었는지 대충 알아들었다.

일반인들은 그게 무슨 뜻인지 모를 테지만 무림인이라서 다 알아듣는 것이다.

"임독양맥이 소통된 것입니까?"

무위가 급증되어 사십 대 중반의 나이가 소녀로 어려졌다면 제일 먼저 떠오르는 것이 임독양맥의 소통이며, 공력이 두 배로 급증돼야지만 그게 가능하다.

무림인이라면 어느 누구라도 살아생전에 간절하게 원하는 것이 한 가지 있는데 그것이 바로 임독양맥의 소통이다.

그런데 그 엄청난 은혜를 화운빙과 한하려가 받은 것 같아 중인들은 부러운 표정으로 그녀들을 바라보았다.

잠시의 소요가 지나간 이후에 형곤이 조금 망설이는 듯하다가 용기를 내서 화운빙에게 물었다.

"실례지만 취봉문이 영웅문 휘하에 들어간 조건이 무엇입니까?"

이번에는 소가연이 대답했다.

"검황천문이 매월 은자 천만 냥의 상납금을 받아가는 것을 영웅문이 저지시켜 주기로 했어요."

"그것뿐입니까?"

"영웅문이 본문에 매월 은자 삼백만 냥을 지급해 주기로 약속했어요."

형곤을 비롯한 중인들은 소가연이 말을 잘못했거나 자신들이 잘못 들은 것이라고 생각했다.

보호를 받기로 한 취봉문이 영웅문에 돈을 지불해야 정상적이기 때문이다.

그렇지만 소가연은 그것에 대해서는 더 이상 말하지 않고 다른 말을 했다.

"본문은 영웅문의 휘하가 되었기 때문에 전적으로 영웅문의 보호를 받을 거예요."

형곤 말고 다른 사람이 외치듯이 물었다.

"영웅문으로부터 매월 은자 삼백만 냥을 받기로 했다는 것은 무슨 뜻입니까?"

"말 그대로예요."

이번에는 또 다른 사람이 물었다.

"왜 받는 겁니까?"

화운빙이 어이없다는 듯 대답했다.

"왜라니? 취봉문이 영웅문 휘하가 됐으니까 운영비 조로 자금을 지원받는 것은 당연한 것 아닌가?"

누군가 열띤 목소리로 물었다.

"우리도 영웅문 휘하가 되면 돈을 받을 수 있습니까?"

거기에 대한 대답은 취봉삼비도 모르기 때문에 진천룡과 부옥령을 쳐다보았다.

부옥령은 자르듯이 단호하게 말했다.

"우린 복건성에서 취봉문만 휘하에 거둘 것이다."

중인들이 놀라서 우르르 일어서며 항변했다.

"우… 우린 어떻게 합니까?"

"우릴 버리는 겁니까?"

부옥령은 차분하게 말했다.

"복건무림의 모든 방파와 문파, 그리고 무림인들은 취봉문 휘하에 들어간다."

중인들의 시선이 일제히 취봉삼비에게 집중됐고 부옥령의 말이 이어졌다.

"복건무림의 모든 방파와 문파들은 어느 누구에게도 상납금을 내지 않는다."

중인들 얼굴에 기대 반 우려 반의 표정이 떠올랐으며 부옥령은 잠시 뜸을 들였다가 말했다.

"지금부터 영웅문은 검황천문과 요천사계, 유마부가 복건무림의 어떤 방파나 문파도 일절 괴롭히지 못하도록 방패가 되어줄 것이다."

중인들 얼굴에 은은한 기쁨이 미풍에 이는 잔물결처럼 떠올라 번져갔다.

"그러면 됐느냐?"

중인들은 대답하기 전에 진천룡을 주시했다. 영웅문주인 그가 최종적으로 무슨 말을 해주기를 원하는 것이다.

그러나 진천룡은 저 멀리 창을 바라보면서 누군가를 몹시 그리워하는 표정을 짓고 있을 뿐 장내의 상황에는 전혀 관심이 없는 것 같았다.

부옥령이 그에게 공손히 말했다.

"주군, 한 말씀 하세요."

"응?"

"검황천문과 요천사계, 유마부가 복건무림을 괴롭히지 못하도록 해주겠다고 제가 방금 말했어요."

중인들은 눈도 깜빡이지 않고 진천룡을 주시했다.

부옥령을 비롯하여 훈용강과 취봉삼비, 그리고 진천룡 뒤에 서 있는 청랑 등이 그를 한껏 위대한 사람으로 돋보이게 하고 있었다.

진천룡은 가볍게 고개를 끄떡였다.

"복건무림의 방파와 문파, 그리고 무림인들이 취봉문과 단단히 결속하면 영웅문이 검황천문과 요천사계, 유마부를 막아주겠소."

중인들 얼굴에 그제야 비로소 안도의 환한 표정이 꽃이 만개하듯 피어났다.

그들은 진천룡이 한 말을 믿어 의심치 않았다. 영웅문에겐 그럴 능력이 충분하기 때문이다.

영웅삼신수가 검황천문의 태문주인 절대검황 동방장천과 그의 사부 금혈마황에게 중상을 입혔으며, 금혈마황의 부인이며 요천사계의 여황인 요천여황 자염빙을 죽였으니 영웅문을 믿지 않으면 누굴 믿겠는가.

第百五十三章

마중천(魔中天)

　장태현에도 십엽루 소유의 주루와 기루가 몇 개 있다.

　진천룡 일행은 그중에 용강(龍江) 강변에 위치한 부영루라
는 주루로 자리를 옮겼다.

　진천룡은 취봉삼비를 앞에 세워놓고 진지하게 말했다.

　"너희들 중에 누군가 한두 명이 취봉문에 남아 있어야 하지
않겠느냐?"

　그녀들 세 여자는 진천룡과 눈이 마주치지 않으려고 시선을
이리저리 피했다.

　삼절맹은 사파이기 때문에 정파인 취봉문이 복건무림을 담
당해야만 한다.

앞으로 취봉문이 복건무림의 소규모 방파와 문파까지 천오백여 곳을 지배하며 관리해야 한다.

진천룡은 가장 만만한 화운빙을 쳐다보았다.

"빙아."

화운빙은 급히 문으로 걸어갔다.

"아… 깜빡 잊은 일이 있어서……."

"죽을래?"

"헛!"

진천룡의 짙은 안개처럼 자욱한 말에 화운빙은 걸음을 멈추고 즉시 되돌아왔다.

진천룡은 다시 그녀에게 말했다.

"빙아, 너는 이 중에 누가 취봉문을 맡는 게 적합하다고 생각하느냐?"

"그야 문주죠."

"연아가 적임이에요."

묻지도 않은 한하려까지 소가연을 찌를 것처럼 손가락으로 가리켰다.

소가연은 피가 머리끝까지 몰린 것처럼 얼굴이 홍시처럼 새빨개져서 소리쳤다.

"어머니! 화 아줌마!"

두 여자는 소가연의 부르짖음 따윈 신경조차 쓰지 않고 어째서 그녀가 적임자인가를 목에 핏대를 세워가면서 손짓 발짓으로 설명했다.

"문주가 지난 몇 년 동안 본문을 잘 꾸려왔기 때문에 누구보다 적임자예요. 소첩은 단지 장로일 뿐이어서 문파의 일에 대해서는 아무것도 몰라요……!"

"연아가 태어나서 이 년 만에 천자문을 뗐다는 말씀을 제가 주인님께 했던가요? 연아는 너무 총명하고 냉정해서 복건무림을 이끌어가는 데 전혀 문제가 없을 거예요."

"그만해요—!"

소가연은 주먹을 부르쥐고 악을 썼다.

"저도 주인님하고 같이 천하를 주유하고 싶단 말이에요! 그런데 두 분은 왜 그러세요?"

그녀가 눈물까지 글썽거렸지만 화운빙과 한하려는 눈 하나 까딱하지 않았다.

분위기가 이상하게 돌아가자 소가연은 두 손을 마구 저으면서 필사적으로 방어했다.

"주인님! 우리 셋 중에서 소첩이 제일 어리잖아요? 어머니와 화 아줌마는 사십 대라고요! 그래도 주인님을 모시는 것은 어린 제가 낫지 않을까요?"

화운빙과 한하려는 생글생글 웃었다.

"문주가 아무리 그래도 외모는 우리가 더 어려요."

"아마 미모로도 우리가 더 아름답지 않겠니?"

소가연은 눈물을 흘리면서 몸서리를 쳤다.

"두 분 정말 잔인하군요."

진천룡은 낙찰하듯이 결정했다.

"됐다. 연아 네가 취봉문을 맡아라."

"주인님……."

소가연은 비 오듯이 눈물을 쏟더니 그 자리에 털썩 무릎을 꿇고 이마를 바닥에 댔다.

"으흑흑……! 주인님… 차라리 소첩을 죽이세요……!"

소가연으로 결정이 났다고 생각했던 화운빙과 한하려는 소가연의 돌연한 행동에 적잖이 당황했다.

사실 이들 세 여자는 얼마 전에 진천룡을 만남으로써 새로운 인생을 살게 되었다.

세 여자의 일생은 진천룡을 만나기 전과 만난 이후로 나눌 수가 있다.

이전의 인생은 그저 평탄했다가 얼마 전부터 지옥 같은 일상의 연속이었다.

검황천문의 협박을 받기 시작한 이후부터는 사는 게 사는 게 아닌 삶이었다.

그러다가 어느 날 영웅문주 진천룡이 찬란한 태양처럼 그녀들 앞에 출현한 순간부터 그녀들의 삶은 하나에서 열까지 완벽하게 바뀌었다.

그녀들에게서 바뀌지 않은 것은 아무것도 없다. 모든 것이 싹 다 바뀌었다.

절망의 밑바닥까지 떨어졌던 그녀들의 삶과 일상은 하루아침에 눈부신 창공으로 솟구쳐 올랐다.

그 모든 것들로부터 자유로워진 그녀들에게 진천룡은 임독양맥을 소통해 주고 벌모세수와 환골탈태라는 어마어마한 은혜를 베푼 존재였다.

아마도 그녀들이 앞으로 열 번의 생을 다시 산다고 해도 이세 가지 일을 한꺼번에 이룰 수 있는 가능성은 채 일 할도 되지 못할 것이다.

화운빙과 한하려, 소가연에게 진천룡은 단순한 주인님이 아닌 조물주, 신이다.

그녀들을 절망에서 끄집어내어 완전히 새롭게 재창조시켜 주었기 때문이다.

세 여자는 모든 것을 다 버리고 죽을 때까지 진천룡만을 섬기면서 따르고 싶은 심정이다.

그녀들에게는 진천룡이 모든 것이고 삶의 궁극적 가치이며 종착지이다.

그가 가는 곳이 그녀들이 가야 할 길이며 그가 머무는 곳이 그녀들이 있어야 할 곳이다.

"주인님……."

소가연이 세상이 끝날 것처럼 엎드려서 흐느껴 우는데도 화운빙과 한하려는 끄떡도 하지 않았다. 그만큼 진천룡을 따르려는 의지가 강렬하기 때문이다.

그때 소가연이 고개를 들고 진천룡을 바라보았다.

"주인님… 소첩의 말씀을 들어보세요……."

폭포처럼 눈물을 흘리고 있는 그녀의 얼굴은 온통 눈물과 머리카락이 들러붙어서 난리가 아니다.

"소첩만큼 취봉문을 잘 이끌 수 있는 사람이 있어요… 그녀들에게 맡기면 안 되나요?"

진천룡은 들어나 보자는 듯이 물었다.

"누구냐?"

화운빙과 한하려는 자신들을 지목할까봐 바짝 긴장했다.

"취봉이검의 송 아줌마예요. 송 아줌마는 어머니를 오랫동안 보필했기 때문에 본문에 대한 것이라면 모르는 것이 없으며 성격도 원만해요."

"취봉이검?"

"네… 주인님, 송 아줌마는 소첩보다 뛰어나면 뛰어나지 못하지 않을 거예요."

소가연은 이제 '주인님'이나 '소첩'이라는 말을 거리낌 없이 잘했다.

소가연은 자신을 도와달라는 간절한 표정을 지으며 화운빙과 한하려를 쳐다보았다.

만약 도와주지 않으면 물귀신처럼 두 여자를 붙잡고 늘어지겠다는 표정도 들어 있었다.

화운빙은 고개를 끄떡이며 진지하게 거들었다.

"취봉이검 송자연(宋紫燕)은 소첩보다 두 살 아래인데도 차분한 성격에 명석한 두뇌의 소유자라서 평소에 소첩이 많이 의지했었어요."

소가연이 째려보자 한하려도 한몫 거들었다.

"소첩 생각으로도 송자연이 좋겠어요. 연아는 아직 어려서 일 처리가 부실할 때가 있지만 송자연은 매사 일을 매끄럽게 처리한답니다."

세 여자는 긴장한 표정으로 진천룡을 말끄러미 바라보았다.

진천룡으로서는 거절할 이유가 없어서 선선히 고개를 끄떡였다.

"알았다. 그러자꾸나."

"꺄악! 고마워요! 주인님!"

소가연은 비명을 지르면서 무릎 꿇은 자세에서 솟구쳐 올라 진천룡 가슴에 안겼다.

의자에 앉아 있던 진천룡은 그녀를 안은 채 뒤로 자빠질 뻔하다가 겨우 중심을 잡았다.

그 바람에 소가연은 의자에 앉아 있는 그와 마주 보는 자세로 그의 허벅지에 앉은 자세가 돼버렸다.

또한 엉겁결에 진천룡의 두 손은 그녀의 탱탱한 엉덩이를 받치고 있었다.

소가연은 은연중에 두 팔로 진천룡의 목을 감고 있는데 두 사람의 얼굴이 반 뼘 거리도 되지 않을 정도로 가까웠다.

"주인님……."

두 사람의 입술이 닿을 듯 말 듯 한 거리에서 소가연이 말
하자 달콤한 입김이 몽글몽글 뿜어졌다.

진천룡을 절대적인 신으로 영접한 그 순간부터 그를 천하
에 하나밖에 없는 남자로 여기게 된 소가연은 지금 이 순간 진
천룡을 온몸으로 느끼면서 긴장감 때문에 가슴이 터질 것처럼
쿵쾅거렸다.

진천룡과 이렇게 가까운 거리에서 몸을 밀착시키고 있다니
믿어지지가 않았다.

더구나 얼굴을 아주 조금만 앞으로 밀면 두 사람의 입술이
찰떡처럼 쩍! 하고 붙을 위치에 있다.

소가연은 어쩌면 진천룡이 입맞춤을 할 수도 있을 것이라고
믿었다.

철썩!

"인석아! 무겁다! 비켜라!"

"앗!"

그러나 진천룡은 그녀의 바람을 깨고 엉덩이를 힘껏 때리며
아래로 밀어냈다.

"주인님… 아파요……."

소가연이 엉덩이를 쓰다듬는 것을 보면서 괜히 긴장했던 화
운빙과 한하려는 웬일인지 안도의 표정을 지었다.

　　　　　*　　　　　　*　　　　　　*

　부영루에서 가장 크고 화려한 방은 삼 층에 있으며, 오늘 그
곳에 귀한 손님들이 들었다.

　"어떻게 하면 좋을지 말해보게."

　술을 이미 열 잔 이상 마신 진천룡은 좌중을 둘러보면서 조
용히 말했다.

　오늘 이 자리에는 진천룡과 부옥령을 비롯한 측근들과 장태
현을 대표하는 일신문 문주 형곤과 두 명이 함께했다.

　비룡일신 형곤과 천담(千潭), 번후종(藩厚鐘) 세 사람은 이런
자리에 자신들이 참석한 것만으로도 감지덕지하여 꼿꼿한 자
세로 앉아 있을 뿐이다.

　술자리이기 때문에 청랑과 은조, 옥소도 자리에 앉아서 술
잔을 기울이고 있다.

　진천룡은 말을 해놓고는 관심이 없는 듯 술잔을 기울이면서
바로 옆에 열어놓은 창밖의 강을 내려다보고 있다.

　진천룡 오른쪽에는 부옥령이 앉았으며, 비어 있는 왼쪽 자리
를 두고 나머지 여자들이 눈에 보이지 않게 치열한 경쟁을 벌
였다.

　원래 진천룡 좌우는 설옥군과 부옥령의 부동의 자리였다.

　그러나 설옥군이 사라진 지금은 이런 자리가 생길 때마다
치열한 암투가 벌어지는 것이다.

그러고 보면 이 자리에 있는 여자들 중에서 옥소만 제외하곤 모두 진천룡의 여종들이다.

옥소는 엄연한 영웅통위대 대주의 신분이며 영웅문 내에서 서열 십 위 안에 꼽힌다.

기존의 호위대와 남창의 천추각에서 선발한 백 명의 고수를 친위대로 삼으려다가 둘을 합쳐서 탄생한 조직이 영웅통위대이다.

다 같은 여종이라고 해도 갓 입문한 취봉삼비는 서열이 낮아서 자동적으로 탈락했다.

그러고 보면 청랑과 은조가 남는데 두 여자는 한 치의 양보도 없는 다툼 끝에 해결책을 찾아냈다.

이런 기회가 생길 때마다 두 여자가 번갈아가면서 진천룡 옆에 앉는 방법이다.

오늘이 청랑이 앉았다. 세상천지에서 은조를 이길 수 있는 사람은 청랑뿐이다.

만약 청랑이 기억을 잃은 탓에 막무가내가 되지 않았더라면 은조를 이기지 못했을 것이다.

부옥령은 누굴 콕 찍지 않으면 아무도 나서지 않을 것이라는 생각에 소가연을 지목했다.

"연아, 네가 말해봐라."

소가연은 생각했던 것이 있었기에 부옥령에게 공손히 고개를 숙인 후에 입을 열었다.

"소첩의 소견으로는 제일 먼저 유마부를 해결하는 것이 좋아보입니다."

형곤과 천담, 번후종은 아까 화운빙이 진천룡을 부를 때 '주인님'이라고 했던 것을 기억하고 있었다.

그때 그것을 이상하게 여겼었는데 방금 소가연이 진천룡 앞에서 자신을 '소첩'이라고 지칭했다.

보통 여종은 주인 앞에서 자신을 '천첩'이라고 하는데 '소첩'이라고 하는 경우는 말 그대로 여종이 주인의 애첩(愛妾)이라는 뜻이다.

취봉삼비 세 여자가 그 사실을 모를 리가 없다. 그러면서도 자신들이 진천룡의 애첩이 되고 싶다는 간절한 심정으로 스스로를 '소첩'이라고 부르는 것이다.

속된 말로 여자 인생을 뒤웅박 팔자라고도 부른다. 제아무리 귀한 가문에서 태어났어도 어떤 남자를 사랑하느냐에 따라서 신분이 달라지기 때문이다.

자매가 한 남자를 남편으로 섬기거나 더러는 모녀지간에 한 남편을 모시는 예도 있다.

소가연은 눈을 빛내면서 말을 이었다.

"요천사계의 복건지부인 복건요부는 이미 해체됐으므로 남은 것은 유마부뿐이에요."

중인들은 고개를 끄떡였다.

"검황천문조차 영웅문에 꼼짝도 못 하는 상황에 하물며 요

천사계와 마중천(魔中天)이라고 해도 함부로 경거망동하지는
못할 거예요."

마중천은 천하마도의 집합체를 일컫는다.

*   *   *

형곤이 용기를 내서 조심스럽게 말문을 열었다.

"요천사계는 잔인하고 악랄합니다. 이대로 물러나지 않을 것
입니다."

나란히 앉은 천담과 번후종도 진저리를 치면서 한마디씩 거
들었다.

"그녀들은 무림의 법도 같은 것은 지키지도 않습니다."

"아무리 악인이라고 해도 고통 없이 죽이는 것이 무림의 예
법인데 요녀들은 사람 목숨을 갖고 장난을 칩니다."

창밖을 응시하고 있던 진천룡이 흥미를 보였다.

"무슨 얘긴가?"

형곤이 고개를 숙이며 공손히 대답했다.

"주군, 요천사계가 지나치게 잔인하고 악랄하다는 얘기를 하
고 있습니다."

형곤은 정식으로 진천룡의 수하가 된 것이 아닌데도 그를
주군이라 불렀고 그도 개의치 않았다.

"예를 들어봐라."

"요녀들은 어떤 목적 때문에 누군가를 표적으로 삼으면 그것을 이룰 때까지 절대로 포기하지 않습니다."

"흠."

"작은 꼬투리라도 하나 잡으면 끈질기게 물고 늘어지면서 말도 안 되는 온갖 억지와 생떼를 씁니다."

천범이 열띤 표정으로 말을 받았다.

"자신들의 목적이 이루어지지 않으면 불문곡직하고 닥치는 대로 사람을 갖은 잔인하고 악랄한 수법을 다 동원하여 죽입니다. 이곳 장태현에서만 수백 명이 복건요부의 요녀들에게 죽음을 당했습니다."

부옥령은 진천룡을 보았다. 아까 낮에 그가 복건요부 요녀들 무공을 폐지한 후에 은자까지 천 냥씩 골고루 나누어주어 살려준 것을 후회하고 있을 것 같아서였다.

그러나 부옥령의 예상은 빗나갔다. 진천룡은 그런 내색을 조금도 하지 않았다.

부옥령은 그에 대해서 손바닥의 손금을 보듯이 잘 알고 있다. 그는 요녀들이 아무리 교활하고 잔인하더라도 무공을 폐지하고 살려준 일을 지금도 잘한 일이라고 생각하는 것 같았다.

진천룡은 턱을 주억거리면서 말했다.

"유마부는 어떠냐?"

"요천사계에 비하면 양반입니다."

"그래?"

번후종은 과묵한 편이고 천담이 말을 조리 있게 잘하는 편이었다.

"정파 무림인에 비하면 잔인한 편이지만 교활하거나 비열하지 않습니다."

부옥령이 알은척을 했다.

"마도인들이 잔인하게 보이는 이유는 마공 때문이에요. 정파인이 사용하는 무공은 대체적으로 정정당당한데 마공은 지독하거든요."

진천룡이 그녀에게 물었다.

"마인과 싸워봤느냐?"

부옥령은 싱긋 웃었다.

"그럼요."

"누구와 싸웠느냐?"

부옥령은 잠시 생각하다가 대답했다.

"화북의 천지쌍마(天地雙魔) 중에 지혈마(地血魔)하고 싸워봤어요."

"네가 이겼느냐?"

"당연하죠."

부옥령은 아름답게 싱긋 웃었다.

기억을 잃은 청랑을 제외한 중인 전원이 크게 놀라서 부옥령을 주시했다.

천지쌍마는 천지이십신 중에 두 명이다. 당금 무림에서 제일

고강한 인물들이 우내십절이고 그다음이 천지이십신이라는 사실은 세상 사람들이 다 알고 있다.

부옥령도 천지이십신 중 한 명이며 순위로 따지면 중간 사위에서 육 위 정도에 들었다.

삼 년 전쯤 그녀는 천군성 산서성 태원지부를 괴멸시킨 흉수를 찾아 나섰다가 마중천의 아홉 천주(天主)인 구천주(九天主) 중에서 천지쌍마의 소행이었다는 사실을 알아냈었다.

부옥령은 최측근 심복 수하 열 명만을 이끌고 끈질기게 추적한 끝에 반년 만에 천지쌍마를 찾아내기에 이르렀다.

부옥령과 열 명의 심복 수하는 허허벌판에서 천지쌍마와 치열한 격전을 벌였다.

부옥령은 지혈마와 단둘이서, 그리고 열 명의 부옥령의 심복들은 천패마(天霸魔)와 협공하여 싸웠다.

작전이 그랬던 것이 아니라 싸우다 보니까 그렇게 돼버린 것이었다.

한나절 동안의 치열한 싸움이 끝났을 때 벌판에 서 있는 사람은 네 명뿐이었다.

부옥령과 세 명의 심복 수하들이었다. 천지쌍마와 일곱 명의 심복 수하는 죽고 말았다.

중인들은 무림 그리고 마도에서 천지쌍마가 얼마나 고강하고 무서운 고수인지 잘 알고 있다.

그런데 부옥령이 천지이십신 중 천지쌍마의 지혈마를 죽였다니 경악하지 않을 수가 없는 일이다.

중인들은 부옥령이 언제 어떻게 지혈마와 싸워서 이겼는지 그 과정이 궁금했으나 감히 묻지 못했다.

그래서 진천룡이 대신 물어봐 주기를 기대했으나 그는 그다지 궁금하게 여기지 않았다.

"그래서 어떻게 하는 것이 좋을까?"

진천룡의 물음에 부옥령이 형곤에게 명령하듯 말했다.

"네가 말해봐라."

형곤은 깜짝 놀랐다가 곧 공손히 말했다.

"유마부를 먼저 괴멸시키고 나서 요천사계의 공격에 대비하셔야 할 것 같습니다."

진천룡은 중인들을 둘러보았다.

"다른 의견 없나?"

그의 시선이 닿자 화운빙과 소가연이 공손히 말했다.

"그게 순서일 것 같아요."

"유마부는 멀지 않은 곳에 있어요."

진천룡은 술잔을 들며 물었다.

"유마부에 대해서 설명해 봐라."

중인들이 서로의 얼굴을 쳐다보다가 화운빙이 나섰다.

"소첩이 말씀드리겠어요."

복건제일문파 취봉문의 터줏대감인 화운빙은 대다수의 사람들이 모르고 있는 유마부에 대해서도 잘 알고 있다.

"유마부는 이곳 장태현에서 북쪽으로 이백오십여 리 떨어진 대운산(戴雲山) 만엽곡(萬葉谷)에 있으며 만엽곡을 중심으로 사방 삼십여 리는 금지 구역으로 정해져 있어요. 진입하면 누구를 막론하고 죽음을 당해요."

"전력은 어떻지?"

"전체 천오백여 명이며 대운산 만엽곡 본부에 칠백여 명이 있고 나머지 팔백여 명은 복건성 전역에 흩어져 있는 지부 열다섯 곳에 흩어져 있어요."

"본부의 칠백여 명은 어느 정도 수준이지? 취봉문이나 삼절맹하고 비교하면 어때?"

화운빙은 훈용강을 힐끗 쳐다보았다. 복건무림을 삼분(三分)하고 있는 세 방파 중에 두 방파인 취봉문과 삼절맹이 은근히 기 싸움을 하는 것이다.

화운빙은 애매한 표정을 지었다.

"정확하게는 잘 모르겠어요. 한 번도 싸워본 적이 없기 때문이에요."

그 말이 맞다. 화운빙이 괜히 훈용강을 의식해서 유마부가 취봉문보다 세력이나 전력이 아래라고 말했다면 훈용강의 반발은 물론이고 형곤 등도 인정하지 않았을 것이다.

훈용강이 나섰다.

"우리 전력으로 충분할 겁니다."

"그래?"

"제 소견으로는 유마부 대운산 본부만 괴멸시키면 복건성 전역에 흩어져 있는 열다섯 개 지부들은 뿔뿔이 흩어질 것입니다. 아마 마중천으로 흘러들겠지요."

"대운산까지 얼마나 걸리지?"

"언제 출발하실 계획이십니까?"

진천룡은 오늘 술자리를 이대로 파하고 싶지 않았다.

"내일 아침 식사 후에 출발하자."

훈용강이 즉답했다.

"그러면 해 지기 전에 유마부에 도착하여 밤에 급습할 수 있을 겁니다."

형곤과 천담, 번후종 세 사람은 긴장된 표정으로 진천룡 등을 쳐다볼 뿐 아무 말도 하지 못했다.

그들은 훈용강이 방금 말한 '우리 전력'이라는 것이 무슨 뜻인지 정확하게 알지 못했다.

그렇지만 설마 여기에 있는 인원이 '우리 전력'의 전부일 것이라고는 생각하지 않았다.

궁금증을 참지 못한 천담이 용기를 내서 진천룡에게 더듬거리면서 물었다.

"저… 주군, 혹시 우리 전력이 얼마나 됩니까?"

진천룡은 술잔을 입으로 가져가다가 실내를 둘러보면서 혼잣말처럼 말했다.

"어… 우리 전력? 이게 전부인가?"

옥소가 공손히 대답했다.

"밖에 세 명 더 있습니다."

'허거걱! 세… 명!'

형곤과 천담, 변후종은 심장이 목구멍 밖으로 튀어나올 정도로 혼비백산했다.

그렇다면 여기에 있는 진천룡과 부옥령, 훈용강, 청랑, 은조, 옥소, 취봉삼비 아홉 명과 밖에 있다는 세 명을 합쳐서 도합 열두 명이 유마부 본부의 칠백여 마고수들을 상대한다는 얘기가 된다.

형곤 등 세 명이 제일 먼저 든 생각은 이런 것이다.

'미친 건가?'

진천룡은 대취하여 인사불성 상태가 되었다.

그가 취하기 전에 형곤 등은 돌아갔으며, 취봉삼비는 그의 대취한 모습을 처음으로 보게 되었다.

또한 취봉삼비는 진천룡의 연인 설옥군이 떠났으며 그래서 그가 크게 상심하고 있다는 사실을 처음 알게 되었다.

부옥령만이 진천룡과 술잔을 부딪치면서 그를 위로했으며 훈용강과 청랑, 은조, 옥소 등은 측은한 표정을 지으면서 그의 곁을 지켰다.

그러나 취봉삼비는 일의 내용을 잘 모를 뿐더러 진천룡과 측근들하고 허심탄회하게 어울리는 것이 익숙하지 않아서 침묵만 지킬 뿐이었다.

설옥군이 홀연히 사라진 후 진천룡은 내심을 거의 드러내지 않았으나 일단 술이 취하고 나니까 본심이 서서히 드러나며 무너져갔다.

그의 상심은 부옥령이 상상했던 것보다 훨씬 극심했다. 마지막 순간에 부옥령이 혼혈을 제압하지 않았다면 그는 통곡을 했을 것이다.

훈용강이나 청랑 등은 그렇다 치고 취봉삼비가 있는 자리에서 그가 정인을 잃었다고 엉엉! 대성통곡을 하는 모습은 그다지 좋은 모습은 아닐 터이다.

부옥령은 축 늘어진 진천룡을 안고 일어났다.

"모두 물러가라."

청랑이 앞장서 침실로 안내했다.

"이리 오세요."

진천룡의 최측근 몸종인 청랑과 은조는 각각 할 일이 구분되어 있다.

청랑은 식사를 비롯한 침실을 담당하고 은조는 의복과 목욕 등을 맡고 있다.

은조가 바싹 따르면서 부옥령에게 조심스레 물었다.

"주인님을 씻기실 건가요?"

청랑과 은조는 부옥령이 영웅문 좌호법이지만 또한 자신들처럼 진천룡의 여종이라는 사실을 우연한 기회에 알게 되었다.

부옥령은 진천룡에게서 술과 땀 냄새가 많이 나는 것을 느끼고 고개를 끄떡였다.

"씻겨 드려라."

은조가 진천룡을 인계받아서 안고는 총총히 목욕실로 향했다.

체구가 그리 큰 편이 아닌 은조가 보통 체구의 남자들보다 훨씬 큰 진천룡을 안은 모습은 마치 어린아이가 어른을 안은 것 같았다.

부옥령과 청랑은 은조가 진천룡을 목욕시키는 것을 내심으로는 부러워할지언정 일절 내색하지 않고 또한 거기에 대해서 왈가왈부하지도 않는다.

여기 세 여자는 진천룡의 최측근 몸종으로서 각자 고유의 영역이 있는 것이다.

부옥령은 잘 때까지 진천룡의 혼혈을 제압할 수가 없어서 잠자리에서는 풀어주었다.

그리고 나서 평소 잘 때처럼 왼쪽에서 그의 가슴에 손을 올리고 잠이 들었다.

*   *   *

부옥령은 나직하게 흐느끼는 소리에 화들짝 놀라서 번쩍 눈을 떴다.

그녀는 눈을 뜨면서 혹시 진천룡이 우는 게 아닐까 하는 생각이 반사적으로 들었다.

과연 그녀의 직감대로 진천룡이 흐득흐득 잠꼬대처럼 우는 소리를 내고 있었다.

'이런……'

부옥령은 반사적으로 공력을 일으켜서 재빨리 침상 주위에 호신막을 만들었다.

옆방에는 청랑과 은조, 옥소, 훈용강이 있으며 같은 층 다른 방에는 취봉삼비가 자고 있으므로 진천룡의 울음소리가 그들에게 들릴까 봐 차단한 것이다.

"으으… 옥군… 나를 두고 어디로 간 것입니까……"

진천룡은 잠결에 두 손으로 허공을 허우적거리면서 신음처럼 우는 소리로 중얼거렸다.

그 모습이 너무 가련하고 안쓰러워서 부옥령이 그의 가슴을 쓰다듬으며 온화한 목소리로 위로했다.

"천룡, 울지 말아요."

부옥령은 평소에 진천룡을 '주군' 혹은 '주인님'이라고 부르지만 지금은 그를 위로하려고 이름을 불렀다.

그런데 그게 그를 착각하게 만들었다.

"옥군……!"

그가 부옥령 쪽으로 돌아서면서 그녀를 와락 껴안았다.

"……!"

그가 힘껏 끌어안는 바람에 부옥령은 깜짝 놀랐다.

그는 여전히 잠결이고 또 취중인 상태에서 부옥령을 마주
보게 하여 힘껏 끌어안고는 격렬하게 입술을 부딪쳤다.

"으읍……!"

第百五十四章

대운산으로

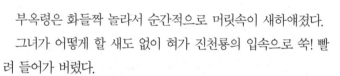

부옥령은 화들짝 놀라서 순간적으로 머릿속이 새하얘졌다.

그녀가 어떻게 할 새도 없이 혀가 진천룡의 입속으로 쑥! 빨려 들어가 버렸다.

"……!"

부옥령은 혀가 문제가 아니라 혀뿌리, 아니, 온몸이 영혼까지 진천룡의 입속으로 빨려 들어가는 것만 같았다.

그녀는 정신이 아득해져서 아무 생각도 나지 않았다.

아니, 이대로 시간이 멈춰 버렸으면 좋겠다는 짜릿하면서도 희미한 생각이 들었다.

진천룡은 잠결에 그리고 취중에 그녀를 설옥군으로 착각하고 있는 것이 분명했다.

부옥령은 그를 뿌리쳐야 하고 그러면 이 상황을 벗어날 수 있지만 그러지 않았다.

아니, 못 했다. 진천룡이 지금 하고 있는 행동은 그녀가 그토록 원하던 것이기 때문이다.

부옥령은 진천룡에게 이미 나이를 초월했다. 아마 그도 그럴 것이라고 익히 짐작하고 있다.

그러니까 그가 평소에 그녀를 어린 소녀처럼 호칭하고 대하는 것이다.

부옥령은 얇은 잠옷을 입고 있는데 그의 두 손이 거침없이 옷 속으로 들어와 온몸을 만지고 있다.

'아아……'

그녀는 정신이 더욱 아득해지기만 할 뿐이지 뿌리쳐야 한다는 생각을 하지 못했다.

그런데 그때 그가 그녀의 상의를 들어 올리더니 가슴에 얼굴을 묻었다.

"허억!"

그 순간 그녀는 온몸이 타버려서 연기로 화하는 듯한 느낌이 들었다.

*   *   *

새벽에 진천룡은 머리가 지끈거리는 것을 느끼면서 정신이 들었다.

그는 자신이 엎드려서 자고 있는 것을 느끼면서 눈을 뜨다가 움찔 놀랐다.

"……!"

엎드려 있는 그의 몸 아래에 부옥령이 그를 향해 마주 보는 자세로 누워서 자고 있는 것을 발견한 그는 어? 하는 표정을 지었다.

그는 이게 어떻게 된 일인지 하나도 기억이 나지 않았다.

두 손으로 바닥을 짚고 상체를 가만히 일으키던 그는 또다시 놀라고 말았다.

그도 부옥령도 둘 다 실오라기 한 올 걸치지 않은 전라의 상태인 것이다.

상체를 들기 전까지 그와 부옥령은 몸을 밀착한 채 잠을 잤었다는 뜻이다.

그 순간 그는 어떤 사실을 깨닫고 몸을 조금 더 들어 올려서 아래를 내려다보았다.

'이런……!'

두 사람은 하체도 벗은 상태이다. 그러니까 상체와 마찬가지로 하체도 밀착된 상태로 잤다는 얘기다.

그의 시야 속으로 자신의 하체는 물론이고 부옥령의 뽀얀 하체가 가득 들어왔다.

'설마…….'

어떤 생각이 더럭 드는 바람에 그의 표정이 착잡해졌다.

자신이 잠결에, 아니, 만취한 상태에서 부옥령을 겁탈한 것이 아닌가 하는 생각이 들었다.

그는 두 팔을 쭉 뻗은 상태에서 부옥령의 몸을 아래에서 위로 천천히 훑어보며 넋 나간 표정을 지었다.

그녀의 나신을 감상하려는 것이 아니라 자신이 정말 그런 짓을 한 것인지 어떤 단서를 찾는 것이다.

바로 그때 부옥령의 목소리가 그의 고막을 잔잔하게 울렸다.

"뭐 하시는 거예요?"

"……!"

그가 굽어보자 얼굴이 노을처럼 빨개진 부옥령이 그를 곱게 흘기고 있다.

"어젯밤처럼 또 소첩을 괴롭히려고 하시는 건가요?"

"그건……."

부옥령은 그의 몸을 옆으로 밀었다.

"이젠 어림도 없어요."

진천룡이 옆으로 누운 자세로 쳐다보는데 부옥령은 살며시 몸을 일으키고 있다.

그는 부옥령의 몸이, 아니, 육체가 저렇게 자그맣고 가녀렸나 하는 생각이 들었다.

옷을 입고 있는 부옥령은 키가 꽤 크고 몸도 풍성하다고 여겼었는데 지금 보니까 그게 아니었다.

그가 지켜보고 있는데도 부옥령은 조금도 부끄러워하지 않고 침상에서 내려갔다.

그녀는 바닥에서 두 손 가득 뭔가를 주워서 들어 보이며 그를 곱게 흘겼다.

"이거 보세요. 당신 옷과 소첩의 옷을 이렇게 발기발기 찢어 버리고… 순 짐승 같았어요."

그녀의 두 손에 쥐어져 있는 것은 어젯밤에 두 사람이 입고 있었던 잠옷인데 갈가리 찢어진 모습이다.

부옥령이 그에게 거짓말을 할 리가 없다. 만취한 그가 이성을 잃고 자신과 그녀의 옷을 찢어발기고는 그녀를 겁탈한 것이 틀림없다.

진천룡은 잠결에 자신이 설옥군과 정사를 하는 꿈을 꾼 것 같았는데 그게 사실은 부옥령이었던 것이다.

부옥령은 그의 팔을 잡아 일으켰다.

"어서 일어나서 옷 입고 씻으세요."

그녀는 진천룡에게 옷을 입히면서도 입을 쉬지 않았다.

"오늘 대운산에 유마부 공격하러 가야 하잖아요. 꾸물거리다가 늦으면 수하들 보기 민망해져요."

벌거벗은 그녀는 역시 벌거벗은 진천룡에게 하의와 상의를 입히면서 조금도 부끄럽거나 어색하게 여기지 않았다.

부옥령은 주위에 쳤던 호신막을 걷고 밖에 대고 말했다.

"은조야, 주군 소세(梳洗)시켜 드려라."

대기하고 있던 은조가 즉시 들어와서 진천룡을 모시고 밖으로 나갔다.

혼자 남은 부옥령은 호로록 한숨을 내쉬면서 흘러내린 머리카락을 쓸어 올렸다.

침상 가에 앉은 그녀는 지난밤에 있었던 일을 가만히 생각해 보았다.

이성을 잃은 진천룡이 달려들어서 미친 듯이 더듬고 빨아댈 때에는 그녀도 제정신이 아니었다.

그러다가 마지막 순간에 그녀는 번쩍 정신이 들었다.

소중한 부위에 생전 처음 느끼는 생살을 찢는 듯한 기이한 쾌감 같은 아픔이 가해질 때 그녀는 다급하게 진천룡의 혼혈을 제압했었다.

그녀는 자신의 몸 위에서 축 늘어져 잠이 든 진천룡을 밀어내지 않은 채 그를 꼭 끌어안고 잠이 들었다.

비록 진천룡과 한 몸이 되지는 못했으나 그녀는 그것으로 충분히 행복했다.

*　　　　　*　　　　　*

진천룡 일행은 대운산을 향해 길을 떠났다.

다각다각…….

진천룡과 부옥령은 말 한 필에 같이 타고 다른 사람들은 각자의 말을 탄 상태로 길게 행렬을 이루어 관도로 향했다.

영웅호위대인 정무웅과 위융, 당하 세 명이 앞서고, 그 뒤를 진천룡과 부옥령이 탄 말이 따랐다.

당하는 옛 십엽루 시절에 팔엽이었다가 영웅호위대에 발탁된 여류고수다.

진천룡 뒤에는 청랑과 은조, 훈용강이 바싹 따르고 맨 뒤에 취봉삼비가 따르고 있다.

취봉삼비는 자신들이 진천룡과 같이 행동하기만 하면 그를 지척에서 모실 줄 알았는데 그럴 기회가 전혀 없었다.

진천룡 최측근에는 언제나 부옥령과 청랑, 은조가 진을 치고 있었다.

이따금 그녀들이 놓치는 것이 있더라도 옥소와 훈용강이 그 물망처럼 다 챙기고 있어서 취봉삼비에게까지 할 일이 돌아오지 않았다.

늦은 아침에 장태현을 출발한 지 어느새 세 시진이 지나 신시(申時:오후 4시경)가 되어가고 있다.

옥소가 선두의 정무웅 등에게 명령했다.

"점심 식사를 할 장소를 찾아라."

그러자 정무웅과 위융, 당하 세 사람이 탄 말들이 번개같이 앞으로 달려 나갔다.

맨 뒤에 따르던 소가연은 때는 이때다 싶어서 화운빙과 한하려에게 급히 전음을 보내면서 앞으로 달려 나갔다.

[우리도 가요!]

그녀들이 탄 세 필의 말이 앞으로 치고 나갈 때 옥소의 쨍한 목소리가 발목을 잡았다.

"어딜 가느냐?"

취봉삼비는 말을 멈추고 소가연이 볼멘소리로 대답했다.

"점심 식사 할 장소를 찾으려는 거예요."

옥소는 차가운 얼굴로 맨 뒤를 가리켰다.

"너희들 자리로 돌아가라."

"왜 그러는 거죠?"

"돌아가라는 말 듣지 못했느냐?"

소가연은 옥소하고 왈가왈부하기가 싫어서 도움을 바라듯 진천룡을 불렀다.

"주인님!"

그러나 진천룡은 마상에서 눈을 감은 채 이리저리 흔들리며 나아갈 뿐 그녀의 부름을 듣지 못한 듯했다.

말고삐는 앞에 앉은 부옥령이 쥐고 있으며 뒤에 앉은 진천룡은 자고 있었다.

옥소는 진천룡을 한 번 보더니 싸늘한 얼굴로 취봉삼비에게 전음을 했다.

[주군 주무시는 것을 보지 못했느냐?]

"……"

진천룡을 본 취봉삼비는 찍소리도 하지 못하고 제자리로 돌아갔다.

술시(戌時:저녁 8시경) 무렵 진천룡 일행은 대운산 동쪽 기슭에 있는 용담촌(龍潭村)에 도착했다.

진천룡 등이 용담촌에 하나뿐인 주루에서 간단한 요기를 하는 동안 정무웅이 마을에서 수소문을 하여 용맹한 사냥꾼 한 명을 데리고 왔다.

진천룡 등이 제아무리 날고 기는 무위를 지니고 있다고 해도 대운산은 초행길이라서 현지의 약초꾼이나 사냥꾼의 도움을 받는 것이 좋다.

"여… 염라부 말이십니까?"

옥소가 유마부에 가는 지름길을 묻자 사냥꾼의 얼굴이 사색으로 변했다.

옥소는 살짝 미간을 좁혔다.

"염라부가 아니라 유마부에 가는 길을 물었다."

"우… 우린 유마부를 염라부라고 부릅니다요."

"그게 무슨 뜻이냐?"

외모는 더할 수 없이 용맹하게 생긴 사냥꾼인데도 유마부 얘기에는 오금을 펴지 못했다.

"유마부를 중심으로 인근 오십여 리는 금지 구역이라서 어느 누구라도 들어가면 죽습니다요."

옥소는 의아한 표정을 지었다.

"금지 구역은 삼십 리가 아니더냐?"

"원래는 삼십 리였는데 언제부터인가 유마부 마인들이 삼십 리 밖에 있는 사람들을 마구잡이로 잡아서 죽이는 것이 아니겠습니까?"

사냥꾼은 하소연하듯이 말을 이었다.

"그러던 것이 작금에 이르러서는 금지 구역이 오십여 리가 돼 버렸다 그겁니다. 사람들은 그걸 염라오십횡사(閻羅五十橫死)라고 부르게 되었으며 대운산에는 아예 아무도 들어가지 않는답니다."

대운산은 그리 큰 산이 아니라서 동서의 길이가 백여 리이며 남북 삼백여 리다.

유마부가 있는 만엽곡은 대운산의 한가운데에 위치해 있으므로 유마부를 중심으로 오십여 리가 금지 구역이라면 사람들은 대운산 주변만 겉돌아야 한다는 뜻이다.

그러다가 잘못하면 산중고혼이 될 수 있으므로 그나마도 입산하지 않는 편이 목숨을 보전하는 길인 것이다.

사냥꾼이 크게 용기를 내서 진천룡 등을 조심스럽게 돌아보며 물었다.

"그런데 염라부에는 무슨 일로 가시려는 겁니까요?"

옥소가 대수롭지 않은 듯 말했다.

"유마부를 몰살시키러 간다."

"흐액?!"

사냥꾼은 소스라치게 놀라서 괴상한 소리를 질렀다.

그는 진천룡 일행을 다시 한번 더 둘러보고 나서 말도 안 된다는 듯한 얼굴로 물었다.

"여기에 계신 분들이 전부이십니까?"

"그래."

사냥꾼은 결사적으로 두 손을 저었다.

"그만두십시오……! 염라부에 도달하지도 못하고 함정에 걸려서 죽을 겁니다."

"함정이 뭐냐?"

사냥꾼은 함정도 모르면서 어떻해 그런 험지에 가려는 것이냐는 표정을 지었다.

"대운산 곳곳에 수천 개의 악랄한 함정이 있습니다. 거기에 걸리거나 빠지면 시체를 남기지도 못하고 죽습니다요."

그의 얼굴에는 죽음의 공포가 짙게 드리워졌다.

"대운산 둘레에는 열일곱 개의 마을이 있는데 지난 일 년 동안에 그 함정에 걸려서 죽은 사람이 삼백여 명이나 됩니다요. 그러니 부디 대운산에 들어가지 마십시오."

그렇지만 진천룡 일행은 사냥꾼의 경고에도 불구하고 대운산 동쪽 기슭으로 들어갔다.

그들이 첫 번째 함정과 마주친 것은 입산한 지 채 이 각이

지나지 않아서였다.

캄캄한 밤중에 울창한 숲길을 나는 듯이 전진하고 있는 중에 누군지 모를 사람이 풀 사이에 있는 가느다란 실 같은 것을 건드려서 끊었다.

그리고 진천룡 일행은 그 가느다란 실이 끊어지면서 함정이 발동한다는 사실을 전혀 몰랐다.

*　　　*　　　*

과우웃!

초상비(草上飛)의 수법을 전개하여 풀잎을 밟으며 지상에서 두 자 높이에서 미끄러지듯이 전진하고 있는 진천룡 일행 전방 허공에서 갑자기 기이한 음향이 들렸다.

진천룡은 전방의 위쪽을 쳐다보다가 조금 어이없는 표정을 지었다.

전방 허공 십여 장 높이에서 수십 자루의 창들이 소나기처럼 쏟아져 오고 있었다.

그것도 그 창들이 진천룡 일행을 벗어나지 않고 비스듬한 각도로 정확하게 쏘아오고 있는 것이다.

진천룡과 부옥령 등은 저 창들이 어디에서 갑자기 쏟아져 오는 것인지 알지 못했다.

하지만 산길을 가면서 누군가 함정을 발동시키는 장치를 건드렸을 것이라고 추측했다.

하지만 저따위 나무로 만든 창은 삼류무사들에게나 효력이 있지 진천룡 일행에겐 눈곱만큼도 먹히지 않는다.

어느 누가 손을 쓰기도 전에 화운빙이 빠르게 선두로 쏘아 나가면서 묵직한 잠력을 발출했다.

후우웅!

무형의 잠력이 발출되자 쇄도하던 수십 자루 창들이 지푸라기처럼 날아갔다.

파아앗!

그것으로 일행은 창의 위협에서 완전히 벗어났다.

화운빙의 솜씨를 본 부옥령과 청랑 등은 내심 적잖이 놀라고 충격을 받았다.

부옥령은 방금 화운빙의 솜씨를 보고는 그녀가 자신과 거의 동급이라는 사실을 간파하고는 정신이 번쩍 들었다.

진천룡이 취봉삼비 세 여자의 임독양맥을 소통해 주었다는 사실은 알고 있었다.

거기에 더해서 설사 벌모세수와 환골탈태까지 해주었다고 하더라도 취봉삼비는 한낱 복건성 시골의 일류고수 정도 수준이었으므로 공력이 급증해 봤자 거기에서 거기일 것이라고 생각했었다.

그런데 방금 화운빙이 무형의 잠력을 발휘하는 것을 보니 굉장한 수준에 도달해 있는 것이 아닌가.

부옥령은 진천룡 옆에 바짝 붙어서 나란히 쏘아가면서 전음을 했다.

[주인님, 화운빙의 공력이 얼마나 되나요?]

진천룡은 그녀를 처다보지도 않고 대답했다.

"빙아의 공력은 령아 너보다 반 수 아래다."

"아……."

생각에 잠겨 있던 진천룡은 부옥령의 말이 전음이라는 생각을 하지 못하고 육성으로 대답을 해버렸다.

그 바람에 부옥령은 깜짝 놀라고 측근들이 모두 진천룡과 부옥령을 처다보았다.

부옥령은 그중에서도 화운빙이 자신을 뚫어지게 처다보는 것을 발견하고 얼굴이 화끈거렸다.

지금 이 상황은 어느 누가 봐도 부옥령이 진천룡에게 화운빙의 공력이 얼마냐고 물은 상황으로 짐작할 수 있다.

조금 전에 화운빙이 무형의 잠력으로 수십 자루의 창들을 날려 버렸기 때문에 그걸 보고 부옥령이 적잖이 놀라서 물은 것이라고 짐작할 수도 있다.

그때 문득 부옥령은 화운빙의 입초리가 말아 올라간 것을 발견했다.

화운빙이 흐릿하게 웃고 있는 것이다. 이런 상황에서의 웃음이란 비웃음일 수밖에 없다.

부옥령은 화운빙이 손톱으로 심장을 할퀸 것처럼 뜨끔하면서 기분이 나빠졌다.

하지만 그것은 순전히 도둑이 제 발 저리는 격이었다. 화운 빙은 그저 부옥령을 쳐다보다가 시선이 마주치니까 어색한 미소를 지은 것뿐이었다.

*　　　　　*　　　　　*

유마부는 매우 큰 계곡인 만엽곡 안쪽 깊숙한 곳에 자리 잡고 있었다.

만엽곡 입구의 폭은 십여 장 정도이며 곡 안쪽에서 흘러나오는 계류가 입구를 거의 차지하고 있었다.

폭 십여 장의 입구 대부분을 계류가 차지하고 있으며 반대편은 깎아지른 절벽이고 이쪽은 폭 이 장여의 땅인데 그곳만 지키면 계곡 안으로 들어갈 수가 없는 지형이다.

계곡 안쪽으로 들어갈수록 점점 폭이 넓어져서 수많은 기화이초가 피어 있고 숲이 우거졌으며, 그 사이를 맑은 계류가 구불구불 흐르고 있다.

진천룡 일행은 입구를 지키고 있는 다섯 명의 마고수들을 간단하게 제압하고 곡 안으로 진입했다.

입구에서 오십여 장쯤 진입하자 계곡의 폭이 백여 장으로 넓어졌다.

특이한 광경은 곡구에서 백여 장부터 숲이 사라지고 논과

밭들이 드넓게 펼쳐진 광경이 나타났다는 사실이다.

그 지점에는 계곡의 가로 폭이 삼백여 장에 달했으며 계류의 폭이 오 장여로 좁아지고 계류 양쪽으로 잘 경작된 전답이 바둑판처럼 펼쳐져 있었다.

진천룡은 그곳에서 신형을 멈추고 밭둑길을 천천히 걸으면서 한가롭게 주위를 둘러보았다.

밭둑이 두 자 정도로 좁았으나 부옥령은 진천룡과 어깨를 나란히 하고 걸었다.

진천룡이 혼잣말처럼 부옥령에게 물었다.

"어떻게 생각하느냐?"

부옥령은 뒤돌아보고는 일행이 멀찍이 뒤따르는 것을 확인한 후에 전음으로 대답했다.

[소첩은 주인님을 원망하지 않아요.]

그러자 진천룡은 어이없는 얼굴로 부옥령을 쳐다보면서 핀잔을 주었다.

"무슨 소릴 하는 거냐?"

"네?"

부옥령은 장태현을 떠나서 여기까지 오는 동안 진천룡이 자신에게 한마디 말도 하지 않는 이유가 지난밤 그 일 때문일 것이라고 짐작했었다.

진천룡이 만취 상태에서 그녀의 옷을 모두 벗기고 몹쓸 짓을 한 것에 대해서 몹시 미안한 마음이라 차마 그녀에게 말을 걸지 못하는 것이라고 말이다.

그런데 부옥령은 헛다리를 짚었다. 진천룡이 그 일에 대해서 미안한 마음을 품고는 있지만 지금은 아니다.

"여기에 전답이 있는 것을 어떻게 생각하느냐?"

진천룡은 부옥령이 알아듣지 못했다는 생각에 다시 한번 말해주었다.

그녀는 말로 한 방 얻어맞은 탓에 상태가 좋지 않았다.

"마도인들이 농사를 짓는다는 말은 못 들었어요."

그런 말은 진천룡도 들은 적이 없다. 그러므로 부옥령의 말은 그가 기대하는 대답이 아니다.

뒤따르던 훈용강이 가까이 다가와서 공손히 말했다.

"제 소견으로는 유마부의 마고수가 아니라 일반 백성들이 농사를 지은 것 같습니다."

"백성들이?"

"마도인은 농사를 직접 짓지 않는 것으로 알려져 있습니다. 그런데도 이곳에 전답이 있다는 것은 유마부에 일반인들이 있다는 증거입니다."

진천룡은 고개를 끄떡였다.

"그렇겠군."

그는 한 걸음 더 나아갔다.

"어쩌면 유마부 마고수들의 가족일지도 모르겠군."

"말도 되지 않는 일이지만 그렇게밖에는 생각할 수가 없을 것 같습니다."

그것은 잠시 후에 사실로 드러났다.

곡구에서 안쪽으로 백여 장부터 오백여 장까지는 광활한 전답이 펼쳐져 있으며, 그 너머에 거대한 규모의 대여섯 채의 전각이 위용을 드러내고 있으며, 그 뒤쪽에 꽤 많은 통나무집들이 빼곡하게 들어차 있는 광경이다.

통나무집은 약 삼백여 채에 달했으며 계류 양쪽에 옹기종기 모여 있는데 그 광경이 너무 아늑하고 한가롭게 보여서 이곳이 정말 유마부가 맞는지 의심이 들게 만들었다.

진천룡 일행은 전답이 끝나는 곳이며 마을이 시작되는 위치에 서 있는 삼 층짜리 거대한 전각 앞에 멈춰서 주위를 둘러보고 있다.

부옥령이 자신의 의견을 말하려고 하는데 훈용강이 먼저 말을 꺼냈다.

"믿기 힘든 일이지만 유마부가 가족들과 함께 살고 있는 것 같습니다."

"내가 보기에도 그런 것 같군."

유마부 본부에 마고수 칠팔백여 명이 있다고 하는데 전각이 대여섯 채뿐인 것으로 봐서는 그들이 가정을 꾸려 살고 있는 것 같았다.

잠시 침묵이 흐르는데 뒤쪽의 소가연이 조용히 말했다.

"주인님, 어떻게 하죠?"

부옥령과 청랑, 은조, 옥소가 일제히 소가연을 돌아보며 꾸
짖는 표정을 지었다.

좌호법인 부옥령과 영웅통위대 대주 옥소, 최측근인 청랑과
은조가 가만히 있는데 제일 밑바닥 말단인 소가연이 감히 함
부로 진천룡에게 물었기 때문이다.

그렇지만 진천룡은 그런 것에 구애받지 않고 친절하게 대답
해 주었다.

"저 전각에 들어가서 눈에 띄는 마졸들을 제압하자."

"네."

소가연은 다른 여자들의 꾸짖는 표정에도 개의치 않고 명랑
하게 대답했다.

진천룡은 한술 더 떠서 취봉삼비에게 명령했다.

"삼비, 너희들이 들어가 봐라."

그의 말이 떨어지기 무섭게 취봉삼비는 어느새 전각 이 층
과 삼 층의 창을 부수면서 안으로 쏘아 들고 있었다.

진천룡은 가장 큰 전각에서 십여 장 떨어진 계류 가에 모닥
불을 피우게 했다.

그러고는 모닥불 주위에 둘러앉아서 야참 겸 술을 마시기
시작했다.

진천룡이 취봉삼비에게 가장 큰 전각을 뒤져보라고 했으나
그곳은 단 한 명도 없이 텅 비어 있었다.

곡구를 지키는 다섯 명을 제외하곤 깨어 있는 마고수는 한 명도 없다는 얘기다.

그렇다면 유마부주를 위시한 마고수 전원이 가족들이 살고 있는 집에서 머물고 있다는 뜻이다.

그렇다고 해서 일반 집들을 일일이 돌아다니면서 마고수들을 색출할 수는 없는 노릇이다.

그래서 진천룡은 그들을 자연스럽게 불러내는 방법으로 마을 가까운 지점에 모닥불을 피운 것이다.

타닥! 타타탁!

제법 기세 좋게 타오르고 있는 모닥불 주위에 진천룡을 위시한 측근들이 빙 둘러앉았다.

취봉삼비와 청랑, 은조가 메고 있는 작은 배낭에서 요깃거리로 마른 육포와 구운 오리고기, 그리고 술 따위를 꺼내어 바닥에 늘어놓았다.

쪼르르…….

부옥령은 제일 먼저 진천룡에게 술을 주려고 잔에 술병을 기울이고 있다.

"주인님, 여기……."

그런데 진천룡과 부옥령 사이 뒤쪽에서 하얀 손 하나가 불쑥 넘어오는데 그 손에는 옥으로 만든 술잔이 쥐어져 있다.

"어… 그래."

술을 좋아하는 진천룡은 술잔을 받아 단숨에 마셨다.

부옥령이 돌아보니까 소가연이 배시시 미소를 지으며 말했다.

"좌호법께서도 드실래요?"

"됐다."

여종이 진천룡에게 술을 준 건데 그걸 갖고 나무랄 수는 없는 노릇이다.

부옥령이 주인님께 술을 드릴 때에는 어느 누구도 술을 드려서는 안 된다고 정해놓은 바도 없는데 말이다.

부옥령은 소가연이 준 술을 진천룡이 단숨에 마셨으므로 곧 자신의 술을 마실 것이라고 예상했다.

그런데 진천룡은 빈 잔을 어깨 너머로 소가연에게 내밀면서 말했다.

"맛있구나. 한 잔 더 다오."

"네, 주군."

소가연은 종달새처럼 종알거리고는 얼른 빈 잔을 받았다.

부옥령이 기다렸다는 듯이 술잔을 내밀었다.

"여기 있어요."

"어… 그래."

진천룡이 술잔을 받자 부옥령의 입초리가 살짝 올라가며 승리의 미소가 머금어졌다.

진천룡이 그녀의 술잔을 받았기 때문에 이것으로 승부는 난 것이다.

원래 이 술 저 술 가리지 않는 진천룡이라서 소가연이 주는 술을 마셨지만 이제부터는 옆에 찰싹 붙어 앉아 있는 부옥령이 주는 술만 마실 것이다.

…라고 확신했지만 부옥령이 틀렸다. 그녀는 방금 자신이 준 술잔을 진천룡이 슬며시 왼손으로 바꿔 쥐는 것을 목격하고는 충격을 받았다.

"어째서……."

그때 또다시 어깨 너머로 소가연이 공손히 두 손으로 술잔을 건네주었다.

"주인님, 여기 있어요."

"어… 고맙다."

진천룡은 얼른 술잔을 받아서 입으로 가져갔다. 그가 온 얼굴로 웃고 있는 모습을 부옥령은 똑똑히 보았다.

"주인님, 여기……."

그때 진천룡 왼쪽에서 한하려가 구운 오리의 다리를 모닥불에 데워서 공손히 내밀었다.

"오… 그래."

진천룡은 흐뭇하게 웃으면서 오리 다리를 받아서 덥석 한 입 깨물었다.

그는 오리고기를 씹으면서 흡족한 표정으로 중얼거렸다.

"음… 정말 맛있구나."

소가연이 어깨 너머에서 손을 내밀었다.

"술 더 드릴까요?"

"오냐."

진천룡이 빈 잔을 내미는 것을 보면서 부옥령은 자신이 살 비듬처럼 떨어져 나가는 것 같은 기분이 들었다.

第百五十五章

수싸움

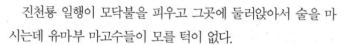

　진천룡 일행이 모닥불을 피우고 그곳에 둘러앉아서 술을 마시는데 유마부 마고수들이 모를 턱이 없다.

　진천룡 일행이 술을 마시기 시작한 지 이 각쯤 지났을 때 마을 쪽에서 마고수들이 스멀스멀 나타났다.

　마고수들은 모두 가족들이 있는 자신들의 집에서 자고 있다가 알음알음 연락을 받고 밤안개처럼 스며 나왔다.

　진천룡 등은 마치 산속을 헤매다가 노숙이라도 하려고 모닥불을 피우고 허기를 달래고 있는 사람들처럼 태연하게 두런두런 대화를 하면서 자리에 앉아 있었다.

　그렇다고 해서 마고수들이 가까이 접근했다고 누구 하나 주의를 주는 사람도 없었다.

진천룡을 비롯한 열두 명은 마고수들이 접근을 하든지 말든지 조금도 개의치 않고 술을 마시며 대화를 하고 있을 뿐이다.

유마부 부주 마유혈도(魔幽血刀) 지장락(至長樂)은 모닥불의 오 장까지 다가갔다가 이상한 느낌을 감지했다. 아니, 느낌이 아니라 기분이다.

그는 활활 타오르는 모닥불 불빛에 비친 열두 명의 얼굴을 재빨리 둘러보았다.

모두 처음 보는 얼굴들이다. 그렇지만 하나같이 범상한 모습이 아니다.

그들 중 몇 명은 어깨에 검을 메고 있는데 한눈에 봐도 일류 이상의 고수들이 분명했다.

그러다가 그의 시선이 한 인물의 얼굴에 딱 멈추더니 얼굴에 놀라움이 떠올랐다.

'삼절사존!'

복건무림을 대표하는 세 사람이 있다. 삼절맹의 맹주 삼절사존, 취봉문의 문주 취봉후 소가연, 그리고 이곳 유마부의 부주인 마유혈도 지장락이다.

그런데 한밤중에 유마부의 안마당 앞에 모닥불을 피우고 술을 마시는 열두 명 중에 삼절사존이 끼어 있는 것이다.

'저자가 어째서… 헛!'

지장락은 속으로 중얼거리다가 삼절사존 옆에 나란히 앉아 있는 세 여자에게 시선이 멈추고는 움찔 놀랐다.

세 여자는 모두 열일곱에서 열아홉 살까지의 소녀들인데 한결같이 취의 경장을 입고 있었다.

복건성에서 취의 경장을 입는 사람, 그것도 여자들은 취봉문뿐이다.

그 순간 지장락의 시선이 소가연에게 고정되더니 눈을 크게 부릅떴다.

'취봉후!'

눈을 깜빡이고 다시 봐도 취봉후가 분명하다.

지장락은 변장을 하고 자주 세상으로 나가서 소문을 듣고 정보를 수집하는데 취봉후를 가까이에서 여러 차례 직접 본 적이 있었다.

지금 그가 보고 있는 취봉후는 예전에 비해서 서너 살 어려진 것 같지만 어쨌든 취봉후가 분명하다.

마음이 급해진 지장락은 모닥불을 향해 최대한 몸을 낮추어 접근하고 있는 수하들을 향해 재빨리 손을 들어 멈추라는 신호를 보냈다.

모닥불 주위의 인물들이 웃으면서 대화를 하고 있는데 유독 한 인물에게 매우 공손한 자세를 취하고 있다.

지장락은 연거푸 술을 마시고 있는 준수한 청년의 얼굴에 시선을 고정시켰다.

'저자는……'

순간 지장락 뇌리를 스치는 한 가지 기억이 있다. 삼절사존이 영웅문주 전광신수의 수하가 됐다는 정보다. 삼절맹은 영웅문 휘하로 들어갔다고 했었다.

'그렇다면 저자가 전광신수인가……?'

때마침 삼절사존이 청년에게 두 손으로 공손히 술잔을 바치고 있다.

지장락의 얼굴이 돌처럼 굳어졌다.

'틀림없구나……!'

그의 시선이 전광신수 옆에 앉아서 그와 격의 없이 술잔을 부딪치고 있는 십칠 세 절세미소녀에게 향했다.

'음! 그렇다면 저 소녀가 무정신수로군.'

지장락은 심장이 땅바닥으로 뚝 떨어지는 것 같은 큰 충격을 받았다.

영웅문주가 유마부에 온 것이다. 자고로 온 자는 선하지 않고 선한 자는 오지 않는다고 했다(來者不善 善者不來).

영웅문주가 고수들을 이끌고 유마부에 무엇 때문에 온 것인지 길게 생각해 보지 않아도 알 수 있다.

[모두 물러가라.]

지장락은 수하들에게 전음을 보내고는 그 자리에 일어나 천천히 모닥불을 향해 걸어갔다.

[부주! 왜 그러십니까?]

[기다리십시오! 부주!]

지장락의 측근들이 여기저기에서 마구 전음을 보냈지만 그는 걸음을 멈추지 않았다.

그가 가까이 다가와도 진천룡 일행은 아무도 그를 쳐다보지 않았다.

마치 그가 다가오는 것을 모르는 것 같지만 절대로 그럴 리가 없을 것이다.

그가 다섯 걸음까지 다가갔을 때 앉아 있는 사람들이 조금씩 자리를 이동하여 널찍한 자리 하나를 만들었다.

거기에 앉으라는 무언의 행동이지만 지장락에겐 거역할 수 없는 위협으로 여겨졌다.

큼직한 모닥불 둘레에서 자리가 비워진 곳은 전광신수 정면인데 그곳에서는 일렁거리는 불길 때문에 그의 모습이 보이지 않는다.

지장락은 비워준 그 자리로 다가가서 앉으려고 무릎을 굽히는 짧은 과정에 갈등했다.

무릎을 꿇어야 하는 것인지 아니면 당당하게 책상다리로 앉아야 하는지를 말이다.

그것은 단순히 무릎을 꿇느냐 책상다리로 앉느냐를 결정하는 것이 아니다.

무릎을 꿇으면 굴복하겠다는 뜻이고 책상다리로 앉으면 대항하겠다는 뜻이 될 터이다.

무릎을 꿇으려던 지장락은 목에 힘을 바짝 주면서 책상다리로 앉았다.

아니, 책상다리로 내려가던 몸을 다급하게 앞으로 굽히면서 무릎을 꿇었다.

쿵!

그는 자신을 쳐다보고 있는 사람들이 빙그레 미소를 짓는 모습을 발견했지만 기분이 나쁘지는 않았다.

다만 심장이 미친 듯이 쿵쾅거리고 있을 뿐이다.

그때 서너 자리 옆쪽에 앉아 있는 훈용강이 그를 보면서 빙그레 미소 지었다.

"잘 생각했네."

지장락은 그를 힐끗 쳐다봤지만 대꾸하지 않았다.

소가연이 새빨간 입술을 나풀거렸다.

"오랜만이에요, 지 부주."

"……?"

지장락이 의아한 표정으로 자신을 쳐다보자 소가연은 명랑하게 웃었다.

"하하하! 달포쯤 전에 거리에서 날 몰래 훔쳐봤던 거 다 알고 있어요."

"그건……."

원래 호색한인 지장락은 어디에 사는 어떤 여자가 아름답다고 하면 무슨 수를 써서라도 찾아가서 얼굴을 꼭 봐야지만 직성이 풀렸다.

그래서 그 여자가 마음에 들면 수단 방법을 가리지 않고 품에 안고야 말았다.

그렇다고 해서 무모한 짓은 하지 않았다. 예를 들자면 그는 소가연이 무척이나 마음에 들어서 상사병이 날 지경이었지만 그녀를 품으려고 행동에 나서지는 않았다. 그랬다가는 얻는 것보다 잃는 것이 많았을 터이다.

그런 소가연이 달포쯤 전에 지장락이 곡주 거리에서 그녀를 몰래 훔쳐봤던 것을 알고 있었다니 그로서는 쥐구멍이라도 들어가고 싶은 심정이다.

지장락은 소가연에게서 시선을 거두고 불길 너머의 진천룡을 조심스럽게 쳐다보았다.

진천룡은 술잔을 들고 그를 쳐다보다가 고개를 젖히고 단숨에 잔을 비웠다.

지장락이 비장한 표정으로 말문을 열었다.

"본보를 괴멸시키려고 온 것이오?"

진천룡은 관심 없다는 듯 소가연이 따라주는 술을 받고 부옥령이 대신 대답했다.

"때에 따라서는 그럴 수도 있지."

지장락은 십칠 세 절세 미녀 부옥령을 쳐다보는데 은연중에 가슴이 서늘해졌다.

소가연이 복건제일미녀인 것은 잘 알고 있지만 부옥령에 비하면 월광과 반딧불이의 차이가 났다.

"무… 슨 뜻이오?"

"우린 유마부가 복건성에서 완전히 손을 떼고 물러나기를 바라고 있다."

유마부가 복건성에서 하는 일은 복건성 전역의 방파와 문파, 무도관, 그리고 수많은 사업체들로부터 상납금을 거두어서 마중천에 바치는 것이다.

상납금을 과도하게 걷지는 않는다. 매월 은자 오백만 냥이며 그것을 복건요부와 절반으로 나눈다.

그런데 방금 부옥령의 말대로 한다면 유마부가 복건성에서 상납금을 거두지 말라는 뜻이다.

"상납… 금을 받지 말라는 것이오?"

부옥령은 고개를 끄떡였다.

"그것도 포함되지."

"또… 뭐가 있소?"

"복건성에서 일어나는 어떤 일에도 개입하지 마라."

지장락의 뺨이 씰룩거렸다.

"그러면 우린 굶어 죽을 것이오. 또한 본천으로부터 엄중한 징계를 받을 것이오."

부옥령은 태연하게 대꾸했다.

"둘 다 우리가 해결해 주겠다."

지장락은 뜨악한 표정을 지었다.

"어… 떻게 말이오?"

"너희들 생활비 일체를 주고 마중천이 괴롭히는 것을 막아 주겠다."

"그게 무슨……."

지장락은 말문이 막힌 듯한 표정을 짓더니 잠시 후에 움찔 놀라면서 말했다.

"우리더러 영웅문 휘하로 들어가라는 것이오?"

부옥령은 아름답게 미소 지었다.

"그렇게 받아들였다면 내 뜻이 제대로 전달된 것이다."

지장락은 당장 자리를 박차고 일어날 것처럼 강한 어조로 말했다.

"말도 안 되는 소리!"

"아니면 오늘 밤, 유마부는 괴멸할 것이다."

"……!"

지장락의 얼굴에 착잡함이 가득 떠올랐다.

그는 눈동자를 굴려서 모닥불 주위에 있는 열두 명을 재빨리 훑어보았다.

전광신수와 무정신수를 비롯한 열두 명 정도라면 한번 해보는 것도 나쁘지 않다는 생각이 들었다.

삼절사존이나 취봉후는 지장락 자신과 동급이고 나머지도 대충 그 정도 수준일 것이다.

그러므로 전광신수와 무정신수만 조심하면 된다. 그 둘은 마고수를 백 명씩 합공시킨다면 승산이 있다.

부옥령은 지장락의 머릿속을 훤하게 꿰뚫어 보다가 소가연에게 고개를 끄떡였다.

"소가연, 네가 나서야겠다."

"네, 좌호법님."

소가연은 명랑하게 대답하고는 지장락을 보며 짤랑짤랑한 목소리로 말했다.

"이봐요. 만약에 내가 일초식 만에 당신을 제압한다면 어쩌겠어요?"

지장락은 이맛살을 찌푸렸다.

"말도 안 되는 소리 하지 마시오."

소가연은 상관하지 않고 앉은 채 손을 들어 올렸다.

"막아보세요."

지장락은 와락 인상을 썼다.

"후회할 거요."

그는 자신이 훈용강하고는 막상막하이고 소가연 정도는 백여 초 이내에 제압할 수 있다고 확신했다.

사실 사백 년 공력인 소가연 정도면 굳이 손을 들어 올리지 않고도 무형강기를 뿜어서 지장락을 쥐도 새도 모르게 제압할 수 있다.

그런데도 그녀가 손을 들어 올린 것은 자신이 공격을 시작한다는 사실을 지장락에게 알리기 위해서다.

소가연은 빨간 입술로 종알거렸다.

"아마 여기에 있는 열두 명 중에서 내가 가장 하수일 거예요. 그런데 당신이 나한테 일초식에 제압된다면 그다음은 상상에 맡길게요."

"무슨 말도 안 되는……."

버럭 화를 내려던 지장락은 그 순간 몸이 굳으면서 눈이 부릅떠졌다.

츠웃…….

앞으로 뻗은 소가연의 두 손가락 검지와 중지에서 희뿌연 기체가 어른거리는 것처럼 뿜어지는 것을 보았기 때문이다.

본능적으로 피해야 한다고 생각하는 순간 목덜미와 어깨 부위가 뜨끔했다.

"으음……."

그는 어떻게 해볼 새도 없이 마혈이 제압됐다. 그게 정말인지 움직여 봤지만 꼼짝도 하지 않았다.

말도 되지 않는 일이 벌어졌다. 일파지존이며 이백 년 가까운 심후한 공력을 지닌 그를 단 일초식 만에 제압한다는 것은 절대로 쉬운 일이 아니다.

소가연이 그를 제압하려면 최소한 삼화취정 이상의 무위여야만 가능한 일이다.

'설마…….'

지장락은 불신의 표정으로 눈을 껌뻑거렸다.

그러자 그때 한하려가 손가락 하나 까딱하지 않고 중얼거리듯이 말했다.

"연아, 제압했으면 풀어줘야지 어째서 가만히 있는 게냐?"

스으…….

그 순간 지장락은 마혈이 풀어지는 것을 느꼈다.

그는 아연실색해서 입이 얼어붙었다.

'으으… 마… 말도 안 된다…….'

＊　　　　＊　　　　＊

지장락은 한하려가 손가락조차 까딱하지 않으면서 자신의 마혈을 풀어주었다고 판단했다.

그가 봤을 때 아무도 움직이지 않았으며 한하려가 혈도를 풀어주라고 말한 것이 전부다.

지장락은 소가연보다 한두 살 어려 보이는 한하려를 놀란 표정으로 쳐다보다가 조심스럽게 물었다.

"낭자는 누구요……?"

한하려는 흡족한 웃음을 터뜨렸다.

"호호홋! 연아! 저자가 나더러 낭자라는구나!"

소가연이 한하려를 가리켰다.

"취봉문 태상문주이신 내 어머니예요."

"으어…….'

예전에 한하려를 몇 번이나 본 적이 있었던 지장락은 손으

로 눈을 마구 비비면서 그녀를 다시 보며 돌아버릴 것 같은 표
정을 지었다.

"취봉선(翠鳳仙)은 나하고 비슷한 연배인데 지금 나를 놀리
는 것이오?"

취봉선은 한하려의 별호이며 사십오 세로 지장락보다 두 살
많았다.

그런데 소가연보다 한두 살 어려보이는 그녀를 소가연이 자
신의 모친이라고 말한 것이다.

이번에는 화운빙이 나섰다.

"그렇다면 나는 누구일 것 같소?"

지장락은 화운빙을 멀뚱하게 쳐다보았다.

"낭자는 누구요?"

화운빙은 빙그레 웃었다.

"맞혀보시오. 지장보살?"

"어……?"

지장락은 별명이 몇 개 있지만 그를 지장보살이라고 부르는
사람은 단 한 명뿐이다.

그는 못 믿겠다는 듯 눈을 껌뻑거렸다.

"설마… 빙낭(氷娘)이라는 말이오?"

화운빙과 지장락은 친한 사이가 아니다. 그렇다고 해서 생
판 모르는 사이도 아니다.

취봉문의 대외적인 일들은 화운빙이 거의 전담하다시피 했

었기에 일 때문에 지장락을 이따금 만났었다.

만약 지장락이 마도인이 아니었다면 화운빙의 술친구 정도는 됐을 수도 있었을 것이다.

화운빙은 수십 년 동안 사귄 벗들이 많은데 그들의 공통점은 모두 정파인들이고 또 술을 좋아한다는 것이다.

지장락은 술은 좋아하지만 마도인이라서 화운빙의 술친구가 되지 못했다.

지장락은 화운빙의 목소리가 예전에 비해서 많이 젊어졌으나 그녀 특유의 카랑카랑한 음색이 남아 있음을 확인하고 놀라움을 감추지 못했다.

"으음… 당신 정말로 빙낭이로군……!"

그렇다면 취봉문 태상문주를 자처하는 한하려의 신분도 맞을 것이다.

화운빙은 지장락을 보며 담담히 말했다.

"나와 태상문주께서 왜 젊어졌을 것 같소?"

지장락은 아무리 생각해 봐도 답을 찾지 못하고 고개를 갸우뚱거렸다.

"글쎄올시다……."

사십 살이 훌쩍 넘은 여자가 둘씩이나 십칠 세 소녀로 변한 이유가 무엇인지 다시 태어나도 모를 것 같았다.

화운빙은 이런 말까지는 하고 싶지 않았으나 지장락을 굴복시키려면 어쩔 수 없다고 생각했다.

"이봐, 지장보살. 늙은 사람이 젊어지려면 한 가지 방법밖에 없소."

"그게 뭐요?"

"반로환동이오."

"······."

지장락은 눈을 껌뻑거릴 뿐 아무 말도 하지 못했다. 화운빙의 말인즉 자신과 한하려가 반로환동의 경지에 이르러서 젊어졌다는 얘긴데 그걸 어떻게 쉽사리 믿는다는 말인가.

그때 문득 지장락은 조금 전에 소가연이 자신의 마혈을 제압하고 또 한하려가 손가락도 까딱하지 않은 상태에서 마혈을 풀어준 일을 기억해 냈다.

만약 그녀들이 정말로 반로환동의 경지에 이르렀다면 그런 일이 가능한 것이다.

그때 화운빙이 마뜩찮은 얼굴로 손을 내밀었다.

"못 믿는 모양이로군."

뚜걱······.

"끄윽······."

화운빙이 지장락에게 손을 뻗어 천천히 위로 향하자 그의 몸이 앉은 자세에서 느릿하게 위로 떠올랐다.

화운빙이 허공을 격하여 목을 움켜잡았는지 그는 두 손으로 몸을 감싸며 얼굴이 벌겋게 상기되었다.

화운빙은 바닥에서 두 자쯤 떠오른 지장락을 보면서 엷은 미소를 지었다.

"이러면 믿을 거요?"

지장락은 미친 듯이 고개를 끄떡였다.

"끄으으… 미… 믿… 소… 제발……."

화운빙이 제자리에 살짝 내려주자 지장락은 눈물과 콧물을
쏟으며 기침을 해댔다.

한바탕 소요가 가라앉은 후에 부옥령은 지장락을 보면서
조용한 어조로 말했다.

"우리가 구태여 이렇게까지 하는 이유가 있다. 무엇일 것 같
으냐?"

지장락은 부옥령이 자신에게 하대를 하는 것을 지극히 당연
하다고 생각했다.

지장락은 어눌하게 대답했다.

"우리를 굴복시키려는 것 아니오?"

부옥령은 진천룡에게 술을 따르면서 말했다.

"우리가 유마부를 다 죽이는 것은 어렵지 않은 일이다. 그렇
게 생각하지 않느냐?"

"그… 렇소."

"귀찮아서 손을 쓰지 않는 것뿐이다. 그걸 네가 알고 처신을
제대로 하길 바라는 거야."

"음……."

부옥령은 진천룡의 술잔에 자신의 잔을 가볍게 부딪치고 나서 말했다.

"다시 묻겠다. 어떻게 하겠느냐?"

지장락은 착잡한 표정을 지었다.

"영웅문 휘하로 들어가라는 말이오?"

그러자 부옥령이 발끈했다.

"이놈아! 네놈들 같은 쭉정이 마졸들을 휘하로 거둬서 어디에 쓰겠느냐?"

"그럼 어째서……."

"말했잖으냐? 네놈들이 복건성에서 깐족거리지 못하게 하려는 것이라고!"

유마부가 쭉정이 마졸이며 복건성에서 깐족거린다는 말을 듣고서도 지장락은 조금도 항변하지 못했다.

"네놈들이 먹고사는 데 지장이 없도록 해주고 마중천을 막아준다는데 무엇이 걱정이냐?"

말이 그렇지 유마부의 마고수들이 약초꾼이나 사냥꾼이 아닌 바에야 어떻게 대운산에 처박혀서만 살 수 있겠는가.

지장락은 뺨을 씰룩거리면서 한동안 갈등하더니 억눌린 듯한 목소리로 말했다.

"영웅문이 우릴 거두어주시오."

"이놈이 싫다는데도 떼를 쓰는구나!"

모닥불에서 십여 장 거리에는 유마부 마고수들이 진을 치고 있는데 그들은 이곳에서의 대화를 다 들었다.

하지만 그들은 모닥불 주위에서 일어난 일들을 하나에서 열까지 다 보고 들었기 때문에 감히 발작하지 못하고 침묵만 지키고 있을 뿐이다.

여차 일이 잘못되는 경우에는 자신들 모두 살아남지 못할 것임을 잘 알기 때문이다.

지장락은 자신들이 벼랑 끝에 몰려 있다는 사실을 뼈저리게 깨달았다.

그런데다가 부옥령이 자꾸 궁지로만 모니까 점점 속이 뒤틀리다가 결국 터지고 말았다.

"선택하시오. 영웅문이 우릴 거두든가 아니면 우리랑 한바탕 싸워봅시다."

부옥령은 어이없는 표정을 지었다.

"네놈이 실성했구나. 우릴 이길 것 같으냐?"

지장락은 벌떡 일어나서 으르딱딱거렸다.

"길고 짧은 건 대봐야 하는 거 아니겠소?"

부옥령은 싸늘한 표정으로 중얼거렸다.

"질질 끌 것 없다. 한꺼번에 덤벼라."

그녀는 술을 마시고 있는 진천룡에게 공손히 말하면서 천천히 일어섰다.

"주군께선 잠시 혼자 술을 마시고 계세요. 늦어도 반시진이면 끝날 거예요."

그 말을 듣고 지장락은 더 이상 물러날 곳이 없음을 깨닫고 전신의 공력을 끌어올려 싸울 태세를 갖추었다.

이 지경에 이르렀는데 무릎을 꿇고 살려달라고 애걸하는 것은 그의 성미에 맞지 않는 일이다.

마고수들이 천천히 무기를 뽑는 음향이 어둠 속 여기저기에서 들렸다.

일촉즉발의 순간이다. 한 치의 양보도 없는 상황. 이제는 지장락이 애걸해도 통하지 않을 것이다.

마고수들이 천천히 조금씩 포위망을 좁혀오는 기척이 감지됐지만 부옥령을 위시한 측근들은 모닥불 주위에 서 있을 뿐 두리번거리지도 않았다.

"령아."

그때 진천룡이 술잔을 입으로 가져가면서 말했다.

"말씀하세요, 주군."

"유마부를 문의 하부조직이 거두는 것으로 해라."

부옥령은 눈을 빛냈다.

"그게 좋겠군요."

그녀는 훈용강을 쳐다보았다.

"용강, 네가 유마부를 거두어라."

훈용강은 펄쩍 뛰었다.

"사파와 마도는 원래 어울리지 않습니다. 붙여놓으면 허구한 날 싸울 겁니다."

지장락은 십칠 세 천하절색인 부옥령이 복건성 사파지존 훈용강을 아이 다루듯이 거침없이 이름을 부르고 명령을 하자 적잖이 놀랐다.

부옥령은 소가연을 쳐다보았다.

"취봉문이 거둬라."

소가연은 질색을 하면서 두 손을 세차게 저었다.

"정파지문이 마도지파를 거두다니요! 천부당만부당한 일입니다. 수천 년 무림사에서 아직까지 그런 예는 어디에도 없었습니다."

부옥령이 듣고 보니까 그럴 것 같았다. 그녀는 귀찮은 듯 손을 저었다.

"그럼 너희 둘이 전포추(剪包錘:가위바위보)를 해라."

훈용강과 소가연은 착잡한 표정을 지었고, 지장락은 얼굴이 보기 싫게 일그러졌다.

복건무림을 공포에 떨게 하는 유마부를 서로 맡기 싫어서 가위바위보로 결정해야 하는 상황이 지장락은 물론이고 유마부의 마고수들을 비참하게 만들었다.

훈용강과 소가연이 멀뚱하게 서 있는 모습을 보고 부옥령은 발끈했다.

"안 하느냐?"

"하, 합니다."

"어… 어서 해요……!"

훈용강과 소가연은 생각하고 자시고 할 겨를도 없이 다급하게 손을 내밀었다.

그 결과 취봉문이 이겼다. 소가연은 기쁨을 감추지 못하고 자신이 낸 손가락 가위를 들어 올렸다.

"이겼어요!"

그녀의 진심 어린 환호는 지장락과 마고수들을 더욱 비참하게 만들었다.

그런데 부옥령이 고개를 갸웃거렸다.

"이긴 쪽이 유마부를 맡는 것이냐? 아니면 진 쪽이냐?"

순간 소가연과 훈용강이 입에서 침을 튀기며 결사적으로 떠들어댔다.

"당연히 진 쪽이죠!"

"아닙니다! 그걸 정하지 않았습니다! 다시 해야 합니다!"

부옥령은 고개를 끄떡였다.

"네 말이 맞다. 진 쪽이 유마부를 맡는 것이다. 자, 다시 전 포추를 해라."

소가연은 입이 댓 발이나 나왔지만 부옥령에게 감히 항의할 수가 없었다.

소가연과 훈용강은 마주 서서 서로를 날카롭게 쏘아보았다.

모닥불가의 사람들은 물론이고 유마부 마고수들도 어느새 모닥불 주위에 모여들어서 주시하고 있다.

두 사람이 손을 뻗으려고 허공에서 흔들고 있는데 갑자기 한하려가 소가연을 불렀다.

"연아, 잠깐."

훈용강은 맥이 탁 풀리는 표정을 짓는데, 한하려는 전음을 하면서도 소가연의 귀에 손바닥을 펴서 세우고 입을 바싹 갖다 댔다.

[내가 보니까 삼절사존은 이번에 가위 낸다. 너는 주먹을 내라. 알았니?]

소가연은 의아한 표정을 지었다.

[그걸 어떻게 아세요?]

[감(感)이다. 어미 말 들어라. 무조건 주먹 내라.]

[알았어요.]

훈용강은 한하려를 가리키며 볼멘소리를 했다.

"둘이서 의논을 하는 것은 위례(違例:반칙)입니다. 제재를 가해야 합니다."

부옥령은 고개를 끄떡였다.

"용강의 말이 맞다. 가연은 위례를 했으니까 벌칙을 받아야 한다."

소가연은 억눌린 표정을 지었다.

"무슨 벌칙인가요?"

"똑같이 손을 내되 가연은 눈을 감고 용강은 눈을 뜬 상태에서 낸다."

훈용강 얼굴에 희열이 일렁거리는 것에 반해서 소가연은 똥

밟은 표정이다.

소가연은 원망하는 눈빛으로 한하려를 쳐다보았다.

그럼에도 불구하고 두 번째 천포추에서도 소가연이 이겼으므로 훈용강은 입이 열 개라도 할 말이 없어졌다.

훈용강은 정말로 유마부를 맡기가 싫었다. 마도인들은 걸핏하면 굵직한 사고를 치기 때문에 그걸 삼절맹이 죄다 뒤치다꺼리를 해야만 하는 것이다.

그런데 이번에는 예상하지도 않게 지장락이 거부하고 나섰다.

"본부가 삼절맹 밑에 들어가는 것은 내가 싫소."

부옥령은 선선히 고개를 끄떡였다.

"알았다."

부옥령은 모두를 둘러보며 다정한 목소리로 말했다.

"그럼 싸우자."

第百五十六章

영웅파(英雄派)

　진천룡은 앉아서 술을 마시고 있으며 옆에 소가연이 앉아서
시중을 들고 있다.

　부옥령은 그것을 보고서도 상관하지 않고 지장락을 비롯한
유마부 마고수들을 둘러보면서 느긋하게 말했다.

　"귀찮으니까 모두 한꺼번에 덤벼라."

　부옥령 좌우에는 청랑과 은조, 옥소, 정무웅, 위융, 당하, 훈
용강, 그리고 취봉삼비가 위풍당당하게 늘어서 있다.

　부옥령 등의 얼굴에는 두려운 표정은 추호도 떠올라 있지
않았다.

　그 대신 나른한 권태 같은 분위기가 느껴졌다. 싸우는 것이

귀찮은데 후다닥 해치우고 마시던 술이나 계속 마시자는 그런 권태 말이다.

지장락뿐만 아니라 모닥불 가까이 다가와 있는 선두의 마고 수들은 그런 부옥령 등의 분위기를 보고는 지레 위축이 되어 전의를 상실했다.

지장락이 생각하기에 이 싸움은 해보나 마나 질 게 뻔하다. 진다는 것은 유마부의 몰살이다.

도대체가 열 마리 맹호에게 칠백 마리 여우들이 달려들어서 뭘 어쩔 셈이라는 건가.

결국 지장락은 자신의 자존심 때문에 칠백여 명의 수하들과 그들에게 딸린 가족 이천여 명, 그리고 복건성 열두 개 지부에 파견 나가 있는 팔백여 명과 그 가족들을 희생시킬 수는 없다고 판단했다.

지장락은 복건무림에서 자존심 세기로 유명하지만 천오백여 명의 수하들과 수천여 명의 가족들을 희생시키면서까지 자존심을 지키고 싶지는 않았다.

결국 지장락은 고개를 떨구고 말았다.

"알았소. 본부가 삼절맹 휘하에 들어가겠소."

부옥령은 이렇게 될 줄 알고 있었다는 듯 가볍게 고개를 끄떡였다.

"한 번만 더 허튼소리를 하면 다 몰살시켜 버리겠다. 알아들었느냐?"

지장락이 착잡한 표정으로 대답하려는데 그보다 먼저 누군가의 외침이 터졌다.

"도대체 누구 마음대로 유마부가 삼절맹 휘하에 들어간다는 말인가?"

부옥령과 지장락 등이 외침이 터진 곳을 쳐다보니까 삼 장여까지 다가온 마고수들 속에서 한 명이 천천히 걸어 나오며 우렁우렁한 목소리로 말했다.

"부주! 유마부가 당신 개인 소유가 아니라 마중천의 소유라는 사실을 잊었소?"

지장락은 그를 보더니 인상을 찌푸렸다.

"부부주는 물러나라."

구레나룻을 거멓게 기르고 체구가 당당하며 용맹한 모습의 삼십오륙 세 정도 사내는 지장락의 말에 코웃음을 쳤다.

"겁쟁이인 당신이나 물러나는 게 좋겠소."

지장락은 발끈했다.

"내가 겁쟁이라고?"

유마부에 부부주는 두 명이며 한 명은 부주인 지장락이 임명하고 다른 한 명은 마중천에서 임명하여 보냈는데 천부부주라고 부른다.

마중천은 천하의 각 성에 유마부 같은 지부를 두고 있으며 그곳들에 천부부주를 한 명씩 보냈다.

부주는 천부부주가 무슨 짓을 하더라도 결코 자르거나 죽이지 못한다.

천부부주가 잘못한 점이 있으면 마중천에 보고해서 징계를 받도록 하는 규정이 있으나 실제 천부부주가 징계를 받은 경우는 한 번도 없었다.

부주는 지부의 생사여탈권을 쥐고 있으나 천부부주는 부주를 감시하는 역할이다.

천부부주는 비웃는 듯한 표정으로 말했다.

"죽을까 봐 굴복하는 것이 겁쟁이가 할 짓이 아니고 무엇이라는 말이오?"

"이 상황에서 굴복하지 않으면 어찌해야 하느냐?"

천부부주는 어깨의 도를 뽑았다.

스릉!

"당연히 싸워야 하오!"

지장락은 엄한 표정을 지었다.

"싸울 상대가 아니다. 싸웠다가는 전멸할 것이다. 네가 책임질 수 있느냐?"

"푸핫핫핫! 그래서 당신이 겁쟁이라는 것이오!"

천부부주는 고개를 젖히고 가소롭다는 듯 큰 소리로 웃음을 터뜨렸다.

지장락은 마고수들을 둘러보면서 우렁차게 외쳤다.

"싸울 사람은 부부주 뒤에 서라!"

득의만면한 천부부주는 자신의 뒤를 돌아보았으나 아무도

그의 편에 붙지 않았다.

그는 잠시 더 기다렸으나 마고수들은 한 명도 꼼짝하지 않고 제자리에 서 있었다.

천부부주는 험악한 표정으로 윽박질렀다.

"네놈들, 그러다가 본천에서 보낸 마중사자들에게 모조리 죽음을 당할 것이다!"

마고수들은 조용했고 천부부주는 그들에게 주먹을 휘두르면서 위협했다.

"난 이미 이 사실을 전서구로 본천에 알렸다. 너희들 모두 죽을 각오를 해라!"

"이거 말이냐?"

그때 화운빙이 손을 내밀면서 말했다.

천부부주가 쳐다보자 화운빙이 내민 손에는 비둘기 한 마리의 목이 잡혀 있었다.

"어… 떻게……."

그 비둘기의 한쪽 발목에는 손마디 두 개 길이의 작은 대롱이 달려 있었다.

비둘기는 전서구인데 조금 전에 천부부주가 마고수들 뒤쪽에서 급히 휘갈겨 쓴 서찰을 전서구 발목의 전통에 넣고 밤하늘에 날려 보냈었다.

화운빙은 전통에서 돌돌 말린 서찰을 뽑아서 펼치더니 슥 훑어보았다.

"에구! 글씨와 문장이 엉망진창이로구나. 너는 교육이나 제대로 받은 것이냐?"

천부부주는 수치심으로 얼굴이 붉어졌다.

화운빙 손에서 펼쳐진 서찰이 갑자기 화르륵! 불이 붙어서 타다가 재가 되어 흩어졌다.

초상승수법인 삼매진화(三昧眞火)인데 마고수들 중에서 예전에 이 수법을 직접 본 자는 손가락으로 꼽을 정도로 전개하는 초극고수가 드물다.

그뿐인가. 천부부주가 날려 보낸 전서구가 화운빙 손에 있다는 것은 그녀가 밤하늘로 무엇인가를 발출하여 전서구를 적중시켜서 떨어뜨렸다는 얘기다.

그때 화운빙이 허공으로 슬쩍 던진 전서구가 힘차게 날갯짓을 하며 밤하늘로 멀리 날아갔다.

그것을 보고 마고수들은 등골이 오싹했다. 화운빙이 전서구를 죽여서 잡았다고 해도 놀랄 일인데 전서구가 살아 있는 것을 보고 소름이 끼친 것이다.

이성을 잃은 듯한 천부부주는 마고수들을 향해 악을 쓰듯이 외쳤다.

"명심해라! 우리는 마도인이다! 정파나 사파하고는 비교도 할 수 없는 마도인이라는 말이다!"

그는 손에 쥐고 있는 도를 흔들면서 계속 외쳤다.

"설사 지금 당장 죽는 한이 있어도!"

그는 주변의 풍경이 조금 변하고 있는 것을 느꼈지만 외침을 멈추지 않았다.

"우리는 마도인이라는 사실을……."

짧은 순간에 풍경이 아주 많이 변했다. 하늘이 빙글빙글 돌고 있으며, 하늘이 아래에 그리고 땅이 위에 있는 것이 아닌가. 또한 목이 답답하여 말이 잘 나오지 않았고 몸에 힘이 하나도 없었다.

"…결코 잊지… 말아야……."

툭!

그는 어째서 자신이 계류 가 풀밭에 누워 있는 것인지 이유를 알지 못했다. 그의 눈앞에 키 작은 풀들이 바람에 흔들리고 있었다.

쿵!

그러더니 그의 눈앞에 무언가 묵직한 물체가 쓰러지면서 풀잎들이 날렸다.

그 물체는 적당한 체구에 값비싼 비단옷을 입고 있는 몸뚱이인데 왠지 눈에 익었다.

천부부주의 눈동자가 쓰러져 있는 물체의 위쪽으로 스르르 이동했다.

"어……."

그는 머리가 없는 목이 잘린 몸뚱이가 자신의 것이라는 사실을 깨닫고 놀라서 눈을 크게 뜨려고 했지만 힘이 없어서 뜻을 이루지 못했다.

그는 몇 번 눈을 껌뻑거리다가 눈을 뜬 채 정지했다. 죽은 것이다.

마고수들은 공포에 질려서 아무 소리도 내지 못하고 움직이지도 못했다.

그들은 조금 전에 누가 손을 써서 천부부주를 죽였는지 보지 못했다.

그저 갑자기 천부부주의 머리가 목에서 분리되어 허공으로 둥실 떠오르더니 그 상태에서 몇 마디 말을 주절주절하다가 땅에 떨어져 버린 것이었다.

잠시 납덩이같은 침묵이 주위에 자욱하게 흘렀다가 정신을 차린 지장락이 마지막 확인을 하듯이 물었다.

"보복 같은 것은 없어야 하오."

부옥령이 냉랭하게 말했다.

"유마부가 영웅문에 잘못한 것이 있느냐? 잘못한 것이 있으면 보복을 당해야 하겠지."

"잘못한 것은 없소. 하지만 정파인들은 아무런 이유도 없이 맹목적으로 마도를 싫어하잖소?"

부옥령은 냉랭하게 말했다.

"뚫린 입이라고 말은 잘하는구나."

지장락은 좋지 않은 예감이 들었다.

"무슨 뜻이오?"

"정파인들이 아무 이유 없이 마도를 싫어하는 것이 아니라 마도가 아무 이유 없이 파를 가리지 않고 살육을 하잖느냐? 그래서 미워하는 거겠지."

"그건……."

부옥령의 말이 맞으므로 지장락은 말문이 막혔다.

부옥령은 고개를 가로저었다.

"하지만 우린 마도를 싫어하지 않는다."

"어째서 그렇소?"

"우린 정파가 아니기 때문이다."

지장락은 의아한 표정으로 물었다.

"그럼 무슨 파요?"

"우린 영웅파(英雄派)다."

"영웅파……."

지장락은 영웅파라는 말을 한 번도 들어본 적이 없어서 눈을 껌뻑거렸다.

진천룡을 비롯한 측근들도 영웅파라는 말을 처음 들었으나 부옥령이 왜 그런 말을 했는지 짐작하고는 흐뭇한 표정을 지으며 가만히 있었다.

부옥령이 자신을 쳐다보자 진천룡은 고개를 끄떡였다.

"그래, 우린 영웅파다."

모닥불가에 지장락이 공손한 자세로 앉아서 두 손으로 바닥을 짚고 진천룡에게 고개를 숙였다.

"그러면 속하들은 삼절맹으로 들어갑니까?"

진천룡이 대답하기도 전에 부옥령이 고개를 끄떡였다.

"그래야지."

"아니다."

그런데 술잔을 기울이던 진천룡이 불쑥 말했다.

부옥령이 의아한 얼굴로 쳐다보자 진천룡은 술잔을 들고 지장락을 쳐다보았다.

"나는 너희들이 원하는 대로 해주고 싶다."

지장락은 뜻밖이라는 듯한 표정을 지었다. 진천룡이 좌호법인 부옥령의 말을 번복하면서까지 지장락의 편을 들어주고 있기 때문이다.

진천룡이 쳐다보자 지장락은 조금 주저하듯이 말했다.

"우리는 그냥 이곳에서 지냈으면 좋겠습니다."

그는 진천룡에게만은 매우 공손했다.

진천룡은 고개를 끄떡였다.

"그럼 그렇게 해라."

지장락은 펄쩍 뛸 듯이 좋아했다.

"감사합니다!"

그는 미심쩍어서 진천룡에게 다시 조심스레 물었다.

"속하들이 여기에 살면서도 생활비를 받고 마중천으로부터 보호를 받을 수 있는 겁니까?"

"그렇다. 그 대신 너희들은 할 일이 있다."

이게 본론이라는 생각에 지장락은 바짝 긴장했다.

"무… 엇입니까?"

진천룡은 간단하게 말했다.

"복건성을 지켜라."

"무… 엇으로부터 지킵니까?"

"적으로부터."

"아……."

진천룡은 힘 있게 말했다.

"네가 지켜야 할 사람들과 복건성을 지켜야 한다."

지장락은 더욱 긴장했다.

"속하가 지켜야 할 사람들이 누굽니까?"

진천룡은 술잔을 쥔 손으로 마고수들 쪽을 가리켰다.

"누구긴, 네 수하들과 그 가족들, 그리고 복건성에 살고 있는 사람들이지."

"그… 렇군요."

진천룡은 훈용강과 소가연을 손으로 불렀다.

훈용강과 소가연이 급히 다가와서 공손히 시립하자 진천룡은 가볍게 고개를 끄떡이며 말했다.

"취봉문과 유마부는 삼절맹의 지휘를 받아 복건성을 철통같이 지켜라."

소가연은 흠칫했다. 취봉문이 삼절맹의 지휘를 받으라는 말

때문이다.

"주인님……."

소가연의 불만스러움이 얼굴에 고스란히 나타났다.

진천룡은 그녀가 왜 그러는지 짐작하고 있지만 모른 체하면서 물었다.

"뭐냐?"

소가연은 머뭇거리면서도 할 말은 다 했다.

"취봉문은 정파인데 어찌 사파인 삼절맹의 지휘를 받을 수 있겠어요?"

"취봉문이 정파냐?"

소가연은 멈칫했다.

"그… 럼 아닌가요?"

진천룡은 훈용강과 지장락을 쳐다보았다.

"너희 생각은 어떠냐?"

훈용강과 지장락이 차례로 대답했다.

"삼절맹은 영웅파입니다."

"유마부는 영웅파입니다."

소가연은 그제야 뒤통수를 한 대 얻어맞은 표정을 지었다.

"아……."

*   *   *

진천룡은 소가연에게 별일 아니라는 듯 물었다.

"어떻게 생각하느냐?"

영웅파를 잠시 잊고 있었던 소가연은 얼굴을 붉혔다.

"죄송해요."

"아직도 삼절맹과 유마부가 사파와 마도냐?"

"아니에요."

소가연은 진천룡 얼굴이 온화하지 않고 꾸짖는 표정인 것을 발견하고 내심 깜짝 놀랐다.

그를 만난 이후 지금처럼 엄한 표정을 짓는 모습을 처음 보기 때문이다.

진천룡은 훈용강을 가리켰다.

"또한 용강은 영웅장로이며 너희들보다 훨씬 선임이다. 언행에 각별히 주의하도록 해라."

소가연과 지장락은 훈용강에게 공손히 고개를 숙이면서 포권을 했다.

"장로님을 뵈옵니다."

소가연은 오해를 했다. 진천룡이 엄한 표정을 짓는 것이 아니라 설옥군에 대한 걱정과 그리움 때문에 속이 새카맣게 타서 그것이 얼굴에 조금 드러났을 뿐이다.

유마부 부주의 집무실이 있는 전각 앞에서 진천룡은 유마부의 마고수들에게 충성의 맹세를 받기로 했다.

진천룡은 그런 절차가 성가시다고 하지 않으려 했으나 그렇게 해야지만 군신지례(君臣之禮)가 성립된다면서 측근들 모두 벌 떼처럼 아우성을 쳤다.

기억을 잃어서 아무것도 모르는 천진한 청랑만 묵묵히 있을 뿐이었다.

전각 앞 넓은 공터에 아까까지만 해도 유마부의 마고수였던 칠백여 명이 질서 있게 도열해 있다.

맨 앞줄에 지장락과 간부급들이 늘어섰고 그 뒤에 칠백여 명이 줄지어 서 있다.

지장락의 가족을 비롯한 간부급들과 칠백여 명의 수하들의 가족 수천 명은 동이 트지 않은 이 첫새벽에 천지개벽이 벌어졌다는 사실을 어렴풋이 깨닫고 모두들 잠에서 깨어나 집 밖에 나와 이쪽을 향해 잔뜩 귀를 기울이고 있다.

가족들은 누군가 이곳에 쳐들어왔으며 유마부주 지장락이 굴복하고 천부부주가 죽었다는 사실까지만 알고 있을 뿐이지 장차 유마부가 어떻게 될는지는 짐작조차 하지 못했다.

한 자루 칼을 쥐고 살아가는 사람의 가족들 운명은 칼을 쥔 가장(家長)이 어찌 되느냐에 달려 있다.

최악의 경우는 가장이 죽는 것이다. 그렇게 되면 가족들은 슬픔 따위는 느낄 새도 없이 절망의 구렁텅이에 빠지고 말기 때문이다.

가장이 죽었으므로 살던 곳에서 쫓겨나야 하고 수입이 끊어졌으므로 먹고살 길이 막막해진다.

그러므로 지금 이곳의 가족 수천 명은 유마부가 어찌 될지 피가 마를 정도로 초조하게 결과를 기다리고 있다.

돌계단 위에 전각을 등지고 우뚝 선 진천룡은 나직하지만 웅혼한 목소리로 말문을 열었다.

"너희들은 이제 더 이상 마도인이 아니라 영웅문의 영웅인(英雄人)이다."

복건성 같은 변방에 있는 마중천 지부 유마부 휘하 마고수들 중에서 뼛속까지 마성으로 물든 골수 마도인을 찾아보기란 하늘에서 별을 따는 것처럼 어려운 일이다.

이런 변방 지역에서는 무술을 조금이라도 할 줄 아는 사람이 처음에 어떤 방파나 문파에 입문했느냐에 따라서 정파인, 사파인, 마도인으로 자연스럽게 갈라지게 되어 있다.

더구나 무림 초보들은 자신이 입문하는 방파나 문파가 정파인지 사파인지 마도인지 처음에는 구별조차 하지 못할 정도로 어수룩하게 마련이다.

더구나 무림에 정파를 지향하고 있는 문파나 방파는 매우 드문 데다가 그들은 입문자를 거의 거두지 않는 편이다.

왜냐하면 구파일방이라든가 강호의 내로라하는 유수의 정파지문들로부터 실력과 신분을 보증할 수 있는 신임 무사나 고수들을 끊임없이 조달받기 때문이다.

그러니까 매우 특별한 상황에 처했거나, 아니면 본인이 기필코 정파인이 되어야겠다고 단호하게 결심하지 않는 이상 처음 무림에 입문하는 사람이 정파인이 될 수 있는 길은 매우 좁을 수밖에 없다.

여기에 있는 칠백여 명의 마고수들은 애초에 매우 특별한 상황에 처한 적도 없었고 본인이 기필코 정파인이 되어야겠다는 간곡한 결의도 없었다.

그러니까 쭉정이 마도인으로 십여 년이나 십오륙 년을 살아왔는데 이제 그나마도 벗어던질 때가 된 것이므로 추호도 아쉬울 것이 없다.

십수 년 동안 마도인이었으면서도 한 번도 자신이 마도인이라고 자부심조차 품어본 적이 없는 변두리 마도인들은 '영웅파 영웅인'이라는 말에 생애 최초로 알 수 없는 피가 들끓는 것을 느꼈다.

진천룡의 목소리에 은은하게 힘이 들어갔다.

"우리 영웅인이 천하 위에 군림하게 될 것이라는 약속 같은 것은 하지 않겠지만 한 가지만은 약속할 수 있다."

모두 새로 모시게 된 잘생긴 주군을 뚫어지게 주시했다.

진천룡은 빙그레 미소 지으면서 말을 이었다.

"너희들 모두 앞으로는 배불리 먹고 마시면서 행복하게 살도록 해주겠다."

그러자 다들 그게 무슨 소린가 하고 눈을 껌뻑거리면서 별다른 반응을 보이지 않았다.

그러다가 대열 여기저기에서 두런두런 나직하게 말하는 소리가 들렸다.

지장락과 간부급들은 뒤돌아보면서 수하들을 조용히 시키려고 했다.

그때 누군가 소리쳤다.

"그렇게만 해주신다면 저희들의 목숨을 바쳐서 주군께 충성하겠습니다!"

지장락이 발끈해서 그쪽을 쳐다보니까 이번에는 다른 쪽에서 소리가 터져 나왔다.

"주군이시여! 그것이 우리들 평생소원입니다!"

그 뒤를 이어서 기다렸다는 듯이 와르르 여러 목소리가 한꺼번에 터졌다.

"배부르고 행복하면 됩니다!"

"우린 가족 부양하려고 이 짓 하는 겁니다!"

"제발 그 약속 잊지 마십시오!"

진천룡은 모두 한마디씩의 와자지껄한 외침이 끝나기를 기다렸다가 조용해지자 말문을 열었다.

"영웅문은 영웅인의 평화와 행복을 위해서만 싸운다!"

"와아아!"

계곡이 무너져 내릴 것만 같은 굉렬한 함성이 터졌다.

유마부 전각 쪽에서 검은 그림자 몇 개가 마을 쪽으로 구르

듯이 달려왔다.

검은 그림자는 세 개이며 십 대 초반의 소년들인데 마을 어귀에 나와서 모여 있는 수백 명의 마을 사람들에게 달려갔다.

"어찌 됐느냐?"

마을의 이장을 맡고 있는 중년인이 멈춰서 숨을 헐떡거리는 소년들에게 급히 물었다.

이장을 비롯한 마을 사람들은 소년들 주위에 모여들어 과연 그들이 무슨 얘기를 할지 긴장한 얼굴로 귀를 기울였다.

소년들이 중구난방으로 떠들어댔다.

"모두에게 녹봉을 삼십 냥씩 준댔어요!"

"하고 싶은 거 하래요!"

"이사 가도 된대요! 우리도 이사 가요, 엄마!"

이장이 소년들을 나무랐다.

"무슨 소리를 하는 게냐? 한 사람씩 말해라."

그때 전각이 있는 쪽에서 한 사람이 걸어오며 말했다.

"내가 설명해 주겠소."

가까이 다가온 그 사람이 누군지 확인한 이장과 마을 사람들은 급히 고개를 조아렸다.

"아이고… 상(尙) 단주님……."

상 단주 상인엽(尙仁曄)은 유마부에서 대민(對民) 즉, 마을 사람들을 담당하는 지위에 있다.

평소에 인자한 성품으로 마을 사람들에게 인기가 많은 상인엽의 등장에 다들 얼굴 가득 기대와 초조함을 떠올린 채 그를 주시했다.

"구구한 설명 빼고 요점만 말하겠소."

상인엽은 여기저기에서 한마디씩 질문을 하는 마을 사람들을 두 손을 들어서 진정시키고 나서 말했다.

"우리 유마부는 없어지고 대신 영웅문 풍정지부(楓亭支部)로 탄생할 것이오."

마을 이장이 궁금한 얼굴로 물었다.

"저들이 영웅문입니까?"

"그렇소."

"유마부가 영웅문에 패한 것입니까?"

상인엽은 고개를 끄떡였다.

"패한 것이 아니라 부주께서 굴복하셨소. 영웅문주와 담판을 지셨소."

이장과 마을 사람들은 크게 놀랐다.

"맙소사… 영웅문주가 직접 왕림했습니까……?"

"그렇소."

이장을 비롯한 마을 사람들이 궁금하게 여기는 것은 한두 가지가 아니었다.

"조금 전에 유마부가 없어지고 영웅문 풍정지부로 탄생한다고 하셨는데 풍정이 어딥니까?"

"동해 바다 미주만(湄州灣) 안쪽에 있는 어촌인데 기름진 전답이 펼쳐져 있고 바다에서 맛있는 물고기가 아주 많이 잡힌다고 하오. 참고로 부주의 고향이오."

마을 사람들 얼굴이 울상으로 변했다.

"본부가 풍정인가 뭔가로 이사가면 우린 어쩌죠?"

"우리도 따라가면 안 되는 건가요?"

마을 사람들은 이곳 계곡 안에 전답을 마련했지만 산속 박토라서 추수 때면 거두는 것이 별반 없는 편이었다.

다만 유마부 소속인 가장이 매월 은자 두 냥에서 석 냥까지 녹봉으로 받으니까 그것으로 생활을 이어왔었다.

풍족하지는 않았지만 나름대로 가난 속에서도 행복했었다. 가족이 다 모여 살며 굶주리지 않기 때문이다.

상인엽은 엷은 미소 띤 얼굴로 손을 들었다.

"주군께서는 여러분들이 취할 수 있는 몇 가지 방법을 마련해 주셨소."

상인엽은 다음에 마을 사람들이 어떤 반응을 보일지 기대하는 표정으로 손가락을 하나씩 꼽으면서 말했다.

"첫째, 이곳에 남는 것이오."

마을 사람들 중에 몇 명이 안도의 표정을 지으며 물었다.

"떠나지 않아도 되는 건가요?"

"그렇소. 하지만 댁의 남편은 풍정지부의 수하로서 그곳에 가게 될 거요."

방금 물었던 아낙네가 가슴 철렁한 표정을 지었다.

"우… 리도 따라가면 안 되나요?"

상인엽이 두 번째 손가락을 꼽았다.

"그게 두 번째요. 가족은 풍정지부를 따라서 풍정으로 이주할 수가 있소."

"아아……."

"진작 말씀해 주시지 간이 콩알만큼 작아졌잖아요……!"

"가족이 풍정으로 갈 경우에는 일가(一家)당 전답 오십 두락(斗落:마지기:약 300평)과 고기잡이를 원할 경우 배 한 척씩 주신다고 말씀하셨소."

"……."

다들 눈을 커다랗게 뜨고 놀라면서 아무 말도 하지 못했다.

마을 사람들이 놀라거나 말거나 상인엽의 셋째 손가락이 꼽혔다.

"셋째, 주군께선 풍정지부 수하들의 녹봉을 최하 은자 이십 냥에서 오십 냥까지 차등 지급 하겠다고 약속하셨소."

너무 놀란 나머지 그 자리에 털썩 주저앉는 사람이 여기저기에서 생겼다.

십 두락만 해도 열 식구가 먹고살 수 있는데 일가당 전답 오십 두락이라니…….

그뿐만이 아니라 바다에서 물고기를 잡겠다고 하면 배까지 준다는 것이다.

마을 사람들을 기함하게 만든 결정적인 것은 녹봉이 은자 두 냥 석 냥에서 이십 냥부터 오십 냥까지로 엄청나게 상승했다는 사실이다.

그 후에 상인엽은 하나를 더 말했는데, 수하들 중에서 무공이나 자질이 뛰어난 사람을 뽑아서 항주의 영웅문으로 데리고 간다는 것이다. 당연히 수하가 가면 가족도 따라갈 수 있다고 한다.

*   *   *

설대운(薛大雲)은 설옥군의 머리에서 두 손을 떼는 것으로 시술을 마쳤다.

설옥군은 침상에 반듯한 자세로 누워서 눈을 꼭 감고 두 손을 봉긋한 가슴에 얹고 있다.

설대운은 하나뿐인 무남독녀 외동딸 설옥군을 사랑스러운 표정으로 바라보았다.

이윽고 설옥군의 긴 속눈썹이 가늘게 파르르 떨렸다.

"음……."

그녀는 눈을 뜨고 몇 번 깜빡거리다가 물끄러미 천장을 바라보았다.

설대운은 아무 말도 하지 않고 그녀가 먼저 반응을 보일 때까지 기다렸다.

설대운은 기억을 잃은 사람을 처음 치료하는 것이기 때문에 설옥군이 기억을 되찾았을지 어떨지 확신하지 못했다.

그때 설옥군이 눈동자를 사르르 굴리더니 설대운을 바라보고 깜짝 놀라는 표정을 지었다.

"아버지……."

그녀는 부스스 상체를 일으켜 앉았다.

설대운은 자상한 표정으로 물었다.

"어떠냐?"

설옥군은 말끄러미 설대운을 바라보다가 살짝 눈을 내리깔며 말했다.

"아버지께서 제 기억을 되살리셨군요."

第百五十七章

혼사

　설대운은 크게 기뻐했다.

　"군아……! 너 새로 생긴 기억을 잃지 않았구나."

　만약 설옥군이 기억을 잃은 후에 생성된 기억을 잃었다면 설대운을 보고 깜짝 놀라야만 한다. 아버지가 어째서 여기에 계시는 것이냐고 말이다.

　그렇지만 새로 생긴 기억을 잃지 않았기에 설대운이 신대붕을 타고 그녀를 구했던 일을 기억하고 있는 것이다.

　설옥군은 반짝거리는 눈으로 아버지를 바라보았다.

　"제가 얼마나 기억을 잃었던 건가요?"

　성대운은 자상한 미소를 지었다.

"일 년이 조금 넘는단다."

"그렇게나 오래⋯⋯."

설옥군은 문득 진천룡이 생각났다.

아니, 사실은 부친과 할머니에게 납치됐던 직후부터 지금 이 순간까지 진천룡에 대한 생각은 한시도 그녀의 뇌리를 벗어난 적이 없었다.

그렇지만 설옥군은 부친 앞에서 진천룡에 대해서는 일절 발설하지 말아야겠다고 마음먹었다.

그녀가 깨어난 이후의 시간은 짧지만 자신이 어떻게 처신해야겠다고 마음먹기에는 충분했다.

그녀의 고향인 성신도가 비록 무림이대성역의 하나로 정의와 협의, 자비의 최고봉이지만 언제나 천하에 대해서 자비로운 것만은 아니다.

더구나 성신도 도주(島主)의 무남독녀인 설옥군에 관한 일이라면 일을 바로잡는다는 대의명분 아래 잘못을 저지를 수도 있는 것이다.

일테면 차기 성신도주이며 현 천군성주인 설옥군의 혼사는 온전히 성신도에서 주관해야 하므로 설옥군 본인의 의사 같은 것은 조금도 반영되지 않는다.

하물며 그녀에게 정인(情人)이 있으며 기억을 잃은 동안에 만나서 한시도 떨어지지 않고 사랑을 키웠다고 한다면 성신도가 그 사실을 인정해 주겠는가.

개코같은 소리다. 인정해 주기는커녕 성신도는 설옥군의 미래를 위한답시고 진천룡에게 무슨 짓을 할지도 모른다.

무림의 대들보인 구파일방마저도 허리를 굽히고 굽실거리는 정의의 본산 성신도라고 해도 암암리에 좋지 않은 일을 저지를 수 있는 것이다.

설대운은 온화한 눈빛으로 딸을 바라보았다.

"어떻게 할 테냐?"

"천군성으로 가야죠."

지금 당장 진천룡에게 달려가고 싶은 마음을 뿌리치기라도 하려는 듯 설옥군은 강한 억양으로 말했다.

사실 그녀는 진천룡에 대한 간절한 그리움이 절반이고 또 다른 절반은 일 년 동안이나 비워두고 있었던 천군성주 자리에 대한 염려가 절반이다.

기억을 잃기 전 그녀는 차갑고 오만하며 두려움이라고는 모르는 성격의 소유자였었다.

그녀가 천군성을 이끄는 몇 년 사이에 세력권이 절반 이상 커지고 영역은 거의 두 배 확장됐으며 권위는 측정하지 못할 정도로 높아졌었다.

기억을 되찾은 설옥군은 빠르게 천군성주 천상옥녀의 자리를 찾아가기 시작했다.

척!

"그건 안 된다. 집에 먼저 가자."

그때 문이 열리면서 한 중년 여자가 안으로 들어오며 차분한 어조로 말했다.

그녀의 등장에 설옥군과 성대운이 동시에 일어나서 공손히 두 손을 앞에 모으고 고개를 숙였다.

"어머니."

"할머니를 뵈어요."

우아한 자태에 아름다운 미모를 지닌 여인은 고개를 까딱거리며 의자에 앉았다.

"일단 집에 갔다가 나중에 천군성에 가거라."

설옥군은 의아한 얼굴로 물었다.

"집에는 왜요?"

집이라면 성신도이며 그동안 특별한 일이 없는 한 가지 않았었다.

설옥군은 의아한 표정이지만 어느 누가 봐도 집에는 가기 싫다는 기색이 완연했다.

여인 화라연(華羅蓮)은 흔들림 없이 차분했다.

"두 가지 할 일이 있다. 첫째는 가문의 신공을 계승하는 것이고, 둘째는 태자와 혼사를 서두르는 일이다."

'태자와 혼사'라는 말이 한 자루 창이 되어 설옥군의 가슴에 쑤셔 박혔다.

그녀는 발끈했으나 순간적으로 표정을 바꾸고 공손한 태도를 취했다.

"혼사가 서둘 일인가요?"

"암, 서둘러야지, 네 나이가 벌써 스물한 살이다."

설옥군이 발끈하지 않는 이유는 진천룡에게 불똥이 튈 수도 있기 때문이다.

어렸을 때부터 그녀는 집안, 특히 할머니 화라연의 말에는 절대적으로 복종했었다.

그런데 이제 와서 할머니의 말에 불복한다면 어쩌면 그녀가 기억을 잃은 일 년여 사이에 남자가 생기거나 무슨 일이 있었을지도 모른다고 추측을 시작할 수가 있다.

할머니는 언제나 설옥군의 상상 이상의 능력을 보여주었기 때문에 방심해서는 안 된다.

설혹 만에 하나 설옥군이 진천룡에게 돌아가지 못하는 일이 생기더라도 그를 보호하는 일에 소홀해서는 안 된다.

설옥군의 능력은 기억을 잃기 전보다 절반쯤 고강해졌으므로 가문의 신공은 구태여 계승하지 않아도 된다. 어쩌면 그녀는 성신도에서 가장 고강할지도 모른다.

화라연은 설옥군이 무슨 말을 하기도 전에 완고한 목소리로 말을 이었다.

"지난달에 황제를 만났었다. 그는 빠른 시일 내에 태자와 네가 혼인하기를 원하고 있더구나."

"황제의 뜻인가요?"

화라연은 고개를 끄떡였다.

"그렇기도 하고 내 뜻도 그렇단다."

설옥군이 설대운을 쳐다보자 그는 빙그레 미소 지으며 그녀의 편을 들었다.

"네가 원하는 것이 아비가 원하는 거란다."

화라연이 못마땅한 듯 말했다.

"그게 아비가 할 말인가?"

"네?"

효자인 설대운은 가볍게 놀라서 화라연을 쳐다보았다.

"무슨 말씀이신지……."

화라연의 꾸짖는 듯한 목소리가 튀어나왔다.

"아버지라면 딸이 하루빨리 건실한 남자와 가정을 이루어서 자식들 많이 낳고 행복해지는 것을 원해야 하지 않은가 이 말일세."

"그렇지요."

"그런데 군아가 원하는 것이 아비가 원하는 것이라니, 그런 말이 어디에 있는가?"

설대운은 벙긋 웃으며 말했다.

"군아도 마찬가지일 겁니다."

"무슨 뜻인가?"

"소자가 원하는 것을 군아도 원할 거라는 뜻입니다."

화라연은 엄한 얼굴로 설옥군을 보았다.

"그렇느냐?"

"네, 할머니."

화라연은 옳다구나 하는 표정으로 설대운에게 말했다.

"그럼 자네가 군아에게 말하게. 군아가 태자와 혼인하는 것이 자네가 원하는 것이라고 말이야."

설대운은 난감한 표정을 지었다.

"어머니, 그것은 소자가 원하는 것이 아닙니다."

화라연은 미간을 좁히고 신경질적인 표정을 지었다.

"그럼 자네가 원하는 것이 뭔가?"

설대운은 미소 지으며 대답했다.

"군아가 원하는 것입니다."

탕!

"지금 나하고 말장난하자는 건가?"

화라연은 발끈하여 손바닥으로 탁자를 내려치며 나직하게 호통을 쳤다.

설옥군은 부친을 곤경에서 구하기 위해서라도 자신이 나서야겠다고 판단했다.

"저는 태자와 혼인하지도 않을 것이며 성신도에 가지도 않겠어요."

"너……."

설옥군이 이처럼 정면으로 반항했던 적이 한 번도 없었으므로 화라연은 적잖이 놀라고 또 당황했다.

"너, 그동안 무슨 일이 있었던 것이냐?"

"별일 없었어요."

화라연의 눈빛이 매서워졌다.

"네가 일 년여 동안 머물렀던 곳이 항주의 영웅문이라고 했었느냐?"

설옥군은 조금 전에 기억을 되찾았으므로 그런 말을 한 적이 없었다.

그렇다면 필경 최측근인 자운이나 화백에게 설옥군의 뒷조사를 시켜서 알아냈을 것이다.

"맞아요."

설옥군의 목소리가 자신도 모르게 차가워졌다. 그러는 것은 오랜만에 만난 할머니에게 취할 태도가 아닌데도 반사적으로 그렇게 튀어나왔다.

그리고 나서는 아차! 했다. 설옥군이 두둔하면 할수록 영웅문에 이로울 것이 하나도 없을 것이기 때문이다.

설옥군으로서는 조심한다고 하는데도 영웅문 얘기가 나오면 반사적으로 공격적이 되고 만다.

화라연이 눈을 내리깔았다.

"화백, 들어와라."

"……!"

설옥군의 가슴이 쿵! 하고 무겁게 내려앉았다. 용의주도한 할머니는 화백을 시켜서 영웅문에 대해서 알아 오라고 한 것이 분명하다.

영웅문에서 간부 정도 되면 문주 진천룡과 태상문주 설옥군의 분홍색 애정 얘기를 다 알고 있을 텐데 화백이 그걸 알아 내지 못했을 리가 없다.

척!

문이 열리더니 화사한 꽃무늬 단삼을 입은 봄바람처럼 훈훈 한 인상의 중년인이 들어섰다.

그는 곧장 탁자로 다가오더니 화라연에게 공손히 허리를 굽 혔다.

"하명하십시오."

"알아 왔느냐?"

"네."

"군아와 영웅문의 관계에 대해서 설명해 봐라."

세 사람의 시선이 일제히 화백에게 집중됐다.

"영웅문은 항주에서 개파한 신생 문파이며 현재 항주를 비 롯하여 절강성 전역과 복건성까지 수중에 넣고 승승장구하고 있습니다."

"그런 것 말고 군아가 영웅문에 어떤 식으로 관여했는지를 설명하라는 말이다."

화라연의 쟁한 꾸중을 듣고서도 화백은 봄바람처럼 훈훈한 분위기를 잃지 않았다.

"영웅문을 개파한 인물은 진천룡이라는 청년이며 현재 영웅문 주입니다. 알아본 바에 의하면, 그가 작년 이맘때 영웅문을 개파 하고 얼마 지나지 않아서 소도주(小島主)를 만났다고 합니다."

"음, 그래서?"

"처음에 소도주는 기억을 완전히 잃은 채 벙어리처럼 아무 말도 하지 않고 거리를 헤매다가 영웅문주 진천룡을 만났다는 것입니다."

화백의 말은 거짓말이다. 진천룡과 설옥군이 처음 만난 것은 동천목산 깊은 산중에서였다.

산서성 태악산에서 온천욕을 즐기고 있던 설옥군은 갑자기 벌어진 천재지변에 의해서 땅속으로 빨려 들어갔으며 몇날 며칠 지중통로를 빠른 속도로 흘러갔다가 마침내 동천목산으로 튀어나왔던 것이다.

그 당시에 진천룡도 동천목산의 온천에서 목욕을 하고 있었으며, 설옥군이 튀어나오면서 그와 부딪혀서 허공으로 함께 날아갔었다.

그게 첫 만남이었다. 그토록 강렬한 만남이었기에 설옥군과 진천룡이 질기게 연결됐던 것이다.

그런데 기억을 잃은 설옥군이 항주 거리를 헤매다가 진천룡을 만났다니, 새빨간 거짓말이다.

화백의 설명이 이어졌다.

"그래서 진천룡이 소도주를 거두어 그때부터 늘 데리고 다니면서 보살펴 주었다고 합니다."

"보살펴 주었다는 것은 무슨 뜻이지?"

화라연의 물음이 짐짓 날카로웠다.

"말 그대로입니다. 숙식을 해결해 주고 장차 소도주께서 기억을 되찾으실 때까지 무기한 보살폈다는 겁니다."

"영웅문주와 군아가 연인 사이는 아니고?"

화라연의 입에서 모두를 긴장시키는 말이 튀어나왔다.

그런데 화백의 입에서 전혀 뜻밖의 대답이 흘러나왔다.

"영웅문주의 연인은 따로 있다고 합니다."

설옥군은 조마조마한 표정으로 화백을 뚫어지게 주시하느라 아버지 설대운이 빙그레 미소를 짓고 있는 모습을 미처 발견하지 못했다.

화백은 공손하게 말을 이었다.

"영웅문주의 연인은 영웅문 좌호법인 무정신수라는 소녀입니다. 두 사람은 찰떡궁합이라고 합니다."

"그래?"

설옥군은 문득 부옥령이 생각났다. 기억을 잃었을 때에는 그녀가 누군지 전혀 몰랐는데 이제는 그녀가 천군성 좌호법 흑봉황 부옥령이라는 사실을 알게 되었다.

부옥령이 어떻게 해서 영웅문의 좌호법이 됐는지는 모르겠지만 모르긴 해도 설옥군을 찾아서 천하를 헤매다가 끝내 그녀를 찾아내고 영웅문에 입문했을 것이다.

부옥령은 설옥군이 기억을 잃었다는 사실을 알고 최측근에서 그녀를 보호하고 또 기억을 되찾는 것을 도우려고 자청해서 영웅문의 좌호법이 됐을 것이다.

＊　　　　＊　　　　＊

'옥령……'

부옥령의 마음이 전해진 설옥군은 가슴이 따스해졌다.

방금 화백이 진천룡과 부옥령이 연인 사이라고 말했지만 설
옥군 생각에 그건 그가 잘못 본 것이다.

부옥령이 진천룡을 사랑하는 것은 그냥 남들 보기에 사랑
하는 척하는 것이다.

아마 부옥령은 설옥군 때문에 진천룡을 사랑하는 척했을 것
이다.

설옥군이 진천룡을 사랑하게 될까 봐 그것을 방해하려고 그
를 사랑하는 척한 것이 분명하다.

그러나 결과적으로 부옥령은 실패했다. 설옥군은 부옥령이
나타나기 전부터 진천룡을 사랑했었으니까 말이다.

그리고 설옥군은 알지 못했다. 그녀가 진천룡을 사랑하지 못
하게 하려고 훼방을 놓던 부옥령이 그를 진심으로 사랑하게
되었다는 사실을 말이다.

그래도 화라연은 의심의 끈을 놓지 않았다.

"영웅문주와 무정신수가 혼인을 했느냐?"

"하지 않았으나 조만간 할 것 같습니다."

"네가 그걸 어찌 아느냐?"

화라연이 비수로 쿡! 찌르듯이 물었는데도 화백은 엷은 미소를 지으며 공손히 대답했다.

"측근이라는 사람에게 자세히 물어봤습니다."

"그래?"

화라연은 눈을 빛내더니 설옥군을 가리키면서 물었다.

"군아에 대해서도 물어봤느냐?"

"당연하죠."

"군아는 영웅문에서 어떤 위치였다고 하더냐?"

화백은 의도적인지 어떤지 설옥군에게는 별로 시선을 주지 않았다.

"그 측근 말에 의하면 소저께선 있으나 없으나 마찬가지인 존재였다고 합니다."

"어째서?"

화라연은 어떻게 해서든지 설옥군의 결백을 확신하고 싶은 모양이다.

"어째서 그렇다는 거지?"

"조금 전에 말씀드리지 않았습니까? 소저께선 영웅문에 계신 동안 벙어리처럼 거의 말씀을 하지 않으셨다고요."

화라연은 고개를 끄떡였다.

"그랬었지."

그런데도 화라연은 의심을 완전히 거두지 않고 고개를 연신 갸웃거렸다.

"군아가 월궁항아처럼 저리 아름다운데 어째서 그놈은 저 아이에게 연심을 품지 않았을꼬?"

여태까지는 진천룡과 설옥군이 연인이 아니었을까 트집을 잡으려고 하더니, 이제는 어째서 두 사람이 연인이 되지 않았는지가 궁금해진 화라연이다.

화백이 마지막 쐐기를 박았다.

"제가 직접 보니까 무정신수가 소저보다 조금 더 아름다운 것 같았습니다."

이 대목에서 설옥군은 화백이 자신을 감싸고 있다는 사실을 믿게 되었다.

설옥군은 어렸을 때부터 화백을 숙부처럼 따랐으며 그는 아버지인 설대운보다 더 많이 설옥군을 업어서 키웠다.

화백은 자신의 딸이 설옥군의 발뒤꿈치에도 못 미친다고 입이 닳도록 말할 정도였다.

그런 그가 부옥령이 설옥군보다 아름답다고 거침없이 말할 리가 없다.

그가 그렇게 하는 것은 화라연을 안심시키려는 의도가 분명할 것이다.

화라연은 믿을 수 없다는 표정을 지었다.

"군아보다 더 아름다운 여자아이가 있다는 말이냐?"

화백은 굽히지 않았다.

"제 눈에는 그렇게 보였습니다."

"그렇다는 말이지?"

화라연은 잠시 뭔가 생각하다가 불쑥 말했다.

"무정신수를 데려와라."

설옥군과 설대운, 화백은 귀를 의심하는 표정을 지었다.

그러나 세 사람은 똑같이 찰나지간에 다시 원래의 표정을 회복했다.

설옥군은 가만히 있었다. 지금 이 상황에서 무정신수를 왜 데리고 오라는 것인지 그녀가 나서면 화라연이 뭔가 낌새를 눈치챌 수도 있다.

화라연이 어떤 명령을 내리면 실행에 옮겨야만 한다. 지금까지 그녀의 명령이 이행되지 않았던 적은 한 번도 없었다. 그것은 지상 명령이기 때문이다.

설대운과 화백도 마찬가지다. 그들로서는 화라연의 명령에 토를 다는 것 자체가 불경이다.

설대운이 그저 조심스럽게 한마디 할 뿐이다.

"구태여 데려올 필요가 있겠습니까?"

화라연은 아들의 말에는 대답하지 않고 대신 설옥군에게 넌지시 물었다.

"태자하고 혼인하겠느냐?"

"할머니!"

설옥군은 기가 막힌 표정을 얼굴 가득 떠올렸다.

설옥군은 화라연의 속셈을 간파했다. 설옥군이 태자와 혼인

하겠다고 하면 부옥령을 데려오지 않겠다는 것을 넌지시 비친
것이다.

설옥군은 화라연의 그런 술수 때문이 아니라 정말로 태자와
의 혼인이 싫었다.

"혼인 안 해요! 절대로!"

설옥군은 칼로 자르듯이 단호하게 말했다. 얼마나 단호한지
화라연과 설대운, 화백이 흠칫 놀랄 정도였다.

설옥군은 그것으로 그치지 않고 자리에서 일어섰다.

슥─

"가겠어요."

"어디로 가겠다는 것이냐?"

화라연의 물음에 설옥군은 문으로 걸어가며 조금 차갑게 대
답했다.

"제가 있을 곳은 천군성이에요."

"집에는 가지 않을 테냐? 신공을……."

"신공 같은 것 익히지 않아도 소녀는 충분히 고강해요."

"건방진……."

화라연은 일어서면서 엄숙하게 말했다.

"네가 정면 대결로 할미의 일초식을 받고 쓰러지지 않으면
네가 하고 싶은 대로 해도 좋다."

"어머니……."

"대도주(大島主)……."

설대운과 화백은 화들짝 놀라서 거의 동시에 자리를 박차고 일어섰다.

화라연은 성신도의 제일고수다. 그 말은 천하를 통틀어 그녀를 상대할 만한 절대고수가 다섯 손가락으로 꼽을 정도에 불과하다는 뜻이다.

설옥군은 걸음을 멈추고 화라연에게 공손히 말했다.

"할머니에게 불경을 저지르고 싶지 않아요."

"겁이 나는 것이냐?"

설옥군은 자신의 무위가 예전에 비해서 절반쯤 상승했으므로 화라연과 비슷한 수준일 거라고 짐작했다.

사실 설옥군은 화라연의 무위가 어느 정도인지 정확하게 모르고 있다.

자신과 비슷하거나 한두 수 위라면 가늠이라도 할 수 있으나 그녀보다 월등하게 높은 수준이라서 언감생심 측정할 엄두도 내지 못했었다.

화라연이 겁이 나느냐고 물었기 때문에 설옥군이 사실 겁이 난다고 대답한다면 어김없이 태자와 혼인할 수밖에 없는 상황에 처할 것이다.

설옥군이 자신에겐 신공이 필요하지 않으니까 성신도에 가지 않겠다고 말했으므로 그것을 입증해야지만 화라연이 수긍하고 양보할 것이다.

설옥군이 문에 손을 대자 화라연은 미간을 좁히고 약간 언성을 높였다.

"그 문을 나선다면 너는 더 이상 본도의 사람이 아니다."

"……!"

화라연이 아무리 성신도에서 최고 높은 신분이라고 해도 이런 말은 해서는 안 되는 것이다.

그녀의 말에 설옥군은 진심으로 화가 났다. 하지만 모두를 등지고 있으므로 아무도 그녀의 얼굴을 보지 못했다.

어깨가 들먹거리지도 않았고 주먹을 움켜쥐지도 않았으므로 그녀가 화를 내고 있다는 사실을 짐작할 수 있는 사람은 아무도 없다.

사실 예전의 그녀는 성신도 일에 대해서만큼은 인내심의 대가였다. 특히 할머니에 대해서는 더욱 그랬다.

화라연은 모두에게 끝없는 인내심을 요구했지만 특히 설옥군에게 심했다.

그 이유는 아마도 설옥군이 특출나기 때문일 것이다. 그녀는 비단 천하절색의 미모를 지녔을 뿐만 아니라 하늘이 내린 무골(武骨)을 지녔으며 가히 천하제일이라고 해도 지나치지 않을 총명함마저 지니고 있다.

그래서 화라연은 그녀에게 자신의 모든 것, 아니, 성신도의 모든 것을 걸었다.

그런 설옥군이 말을 듣지 않고 비딱하게 나가고 있기 때문에 화라연으로서는 속상하고 그래서 더욱 강하게 그녀를 억압하게 되는 것이다.

아주 짧은 순간에 설옥군은 많은 갈등에 휩싸였다.

생각 같아서는 그냥 이 문을 열고 미련 없이 밖으로 나가 버리고 싶지만 망설여졌다.

아버지와 성신도에 있는 어머니 때문이기도 하지만 그보다 더 큰 이유는 어쩌면 화라연이 진천룡에게 복수를 할지도 모르기 때문이다.

설옥군의 지금 이런 행동은 예전에는 없었던 것이다. 그렇기 때문에 그녀가 만약 문을 박차고 나간다면 화라연은 그 원인이 영웅문 그리고 진천룡에게 있다고 믿을 것이다.

'그렇다면……!'

설옥군은 지그시 어금니를 악물었다.

상황이 이렇게 됐으므로 화라연을 한번 무너뜨리는 것도 나쁘지 않을 거라는 생각이 들었다.

설옥군은 돌아서지 않고 조용한 목소리로 말했다.

"만약 제가 할머니의 일초식을 정면 대결로 받아내면 어쩌실 건가요?"

여기에 있는 어느 누구도 그런 일이 일어날 것이라고는 절대로 믿지 않았다.

그래서 설옥군이 유리한 것이다. 세상일이란 강한 자가 유리할 것 같지만 사실은 약한 자가 더 유리한 법이다.

강한 자가 이기면 당연한 일이지만 약한 자가 이기면 놀라운 일이다.

그래서 강한 자는 내기에서 거침없어진다. 자신이 패할 리가 없다고 확신하기 때문이다.

그 점에서 화라연도 예외는 아니었다. 그녀는 가소로운 듯한 미소를 지었다.

"정말 그런 어이없는 일이 일어난다면 네가 원하는 대로 다 해주마."

설옥군의 입가에 희미한 미소가 피어났다.

설옥군과 화라연 등은 마당으로 나섰다.

이곳은 아담한 장원인데 밖에 나가보지 않았으므로 설옥군은 이곳이 어디인지 알 수가 없었다.

설대운은 뭔가 심상치 않음을 감지했다. 화라연의 얼굴을 보니까 매우 진지한 표정이어서 그녀가 설옥군을 심하게 다룰 수도 있을 것 같았다.

그렇다고 화라연이 결정하고 그것을 설옥군이 받아들인 이상 설대운이 나설 수도 없었다.

설옥군과 화라연은 열 걸음을 사이에 두고 마주 섰다.

화라연은 여유 있는 모습이고 설옥군은 누가 봐도 긴장한 얼굴이 역력했다.

하라연이 용돈이라도 던져주듯이 말을 꺼냈다.

"원하는 것이 있으면 말해봐라."

"제가 쓰러지지 않으면 되는 거죠?"

화라연은 미소 지으며 고개를 끄떡였다.

"오냐, 하지만 그런 일은 없을 것 같구나. 애석하게도 할미는 전력을 다할 생각이거든."

설옥군은 차분하게 말했다.

"저는 준비됐어요."

"군아, 할미가 마지막으로 한 번 더 기회를 주겠다. 지금이라도 그만두고 싶으면……."

"언제 공격하시겠어요?"

화라연은 미간을 좁혔다.

"못 본 일 년여 사이에 너에게 무슨 일이 있었던 것이 분명하다. 내 앞에 있는 너는 예전의 내 손녀가 아니야. 이번 일초식이 끝난 후에 기필코 알아낼 것이다."

설옥군은 대답 대신 두 발을 어깨 넓이로 벌리고 전신의 공력을 극한으로 끌어올렸다.

그녀의 그런 행동조차도 화라연에게는 얄밉게 보였다.

설대운은 조마조마한 표정으로 화라연을 주시했다. 그는 그녀가 손속에 인정을 두기를 바라고 있었다.

꼿꼿하게 서 있던 화라연은 갑자기 그녀 주위로 오색의 운무를 안개처럼 피어내기 시작했다.

순간 설대운의 얼굴이 해쓱하게 변했다.

'맙소사… 오극성궁력(五極聖躬力)이라니…….'

설대운은 자신의 처지도 잊은 채 달려 나가면서 외쳤다.

"안 됩니다! 어머니! 그것은 거두십시오!"

설옥군은 화라연이 성신도 최후의 절초식인 오극성궁력을 전개하려는 것을 간파했으나 겁먹지 않았다. 어차피 그것까지 각오하고 있었다.

"물러나세요, 아버지!"

설옥군은 시선을 화라연에게 고정시킨 채 냉정하게 말했다.

"군아……"

설대운은 만약 화라연이 오극성궁력을 전개할 경우에 설옥군이 죽을 수도 있다고 예상했다. 그래서 전력으로 만류하고 있는 것이다.

설옥군은 전신의 공력을 단전에 모으고 두 팔에는 순정강기를 집중시켰다.

순정강기는 진천룡만 있는 것이 아니다. 그와 똑같은 양이 그녀에게도 있는 것이다.

第百五十八章

불사이자사(不思而自思)

설옥군을 주시하고 있는 설대운과 화백의 얼굴에는 초조함
이 가득 떠올랐다.

설옥군이 무슨 오기가 나서 저러는지 모르겠지만 이 대결은
결과를 보지 않아도 그녀의 백전백패가 분명하다.

후우우…….

오색의 운무는 화라연을 감싼 채 왼쪽에서 오른쪽으로 느릿
하게 회전하고 있다.

설옥군은 바짝 긴장했다. 그녀는 자신이 화라연을 물리칠
수 있을 것이라고는 기대하지 않았다. 화라연이 얼마나 고강한
지 잘 알고 있기 때문이다.

예전 같으면 설옥군이 화라연의 일초식을 정면으로 받겠다고 나서지 못했을 것이다.

그러나 지금은 용기를 내볼 수 있었다. 화라연을 이기지는 못하겠지만 일 장을 정면으로 받고 쓰러지지 않을 자신이 있다.

스우우우…….

주위를 회전하던 오색의 운무가 갑자기 화라연의 온몸으로 흡수되었다.

설옥군은 화라연이 잠시 후에 오극성궁력을 발휘할 것이라고 예상했다.

설옥군은 성신도의 최후의 절초식이 오극성궁력이라는 사실만 알고 있지 실제로 본 적은 없었다.

부친의 말에 의하면 성신도의 두 번째 절학인 적멸강의 두 배 위력이라고 했다.

그 정도로 엄청난 위력이기 때문에 설옥군이 할 수 있는 일은 전력으로 막아내는 것뿐이다.

그때 화라연의 몸으로 흡수되던 오색운무가 뚝 멈추더니 눈부신 오색광휘를 뿜어냈다.

비유웃!

성신도 최후의 절초식 오극성궁력이 설옥군을 향해 빛처럼 빠르게 발출되었다.

그 순간 설옥군은 끌어올린 전 공력에 순정강기 전부를 쏟아부어 두 손바닥으로 발출했다.

과우우웅!

그녀가 발출한 수법은 적멸광이다. 그녀가 알고 있는 최고의 절학이다.

오색의 광휘와 금광이 한복판에서 정통으로 충돌했다.

과웅!

대지와 장원 전체가 마치 허공으로 십여 장쯤 둥실 떠올랐다가 가라앉은 것처럼 심하게 들썩거렸다.

"크윽……."

"우욱……."

설대운과 화백은 엄청난 여파에 뒤로 가랑잎처럼 빙글빙글 돌면서 날아갔다.

두 사람은 두 줄기 강기가 충돌한 지점에서 삼 장이나 멀찍이 떨어져 있었는데도 어떻게 해볼 재주도 없이 속수무책으로 날아갔다.

쿠콰쾅!

뒤늦게 땅이 거세게 진동하면서 뿌연 흙먼지가 먹구름처럼 뿜어 올랐다.

설대운과 화백은 칠팔 장이나 날려가서 땅에 내려섰다가 서둘러 다시 돌아왔다.

흙먼지가 차츰 걷히면서 두 사람의 모습이 흐릿하게 드러나기 시작했다.

그런데 어찌 된 일인지 설옥군은 우뚝 서 있었고 화라연은 앉아 있었다.

"저게 어떻게……."

"아아… 대도주께서……."

설대운과 화백은 눈앞에 벌어진 믿어지지 않는 광경에 입이 크게 벌어졌다.

그런데 흙먼지가 거의 걷히고 나자 더욱 놀라운 광경이 드러났다.

"맙소사……."

"믿을 수가 없습니다……."

설대운과 화백의 입에서 탄식 같은 중얼거림이 흘러나왔다.

화라연은 두 다리를 앞으로 가지런히 뻗은 자세로 앉아 있으며 그녀의 앞쪽 땅에는 묵직한 물체가 끌려간 자국이 약 일 장 정도 나 있었다.

그건 무엇을 말하느냐 하면 두 줄기 강기의 격돌 직후 화라연이 뒤로 날려갔다가 땅에 엉덩방아를 찧고 그 자세로 밀려갔다는 얘기다.

설대운과 화백의 시선이 이끌리듯이 설옥군에게 향했다가 눈을 휘둥그렇게 떴다.

설옥군은 두 손을 앞으로 뻗은 자세로 원래의 자리에 우뚝 서 있었기 때문이다.

정녕코 믿을 수 없는 일이 벌어지고 말았다. 성신도 최강고 수인 화라연이 설옥군에게 패하다니 말이 되지 않는다. 설옥군은 부친 설대운보다 반 수 정도 하수였다.

설옥군이 화라연의 일초식 일 장을 정면으로 받고 쓰러지느냐 버티느냐의 대결이었다.

그런데 화라연은 땅에 주저앉아서 뒤로 일 장이나 밀려나 망연자실한 표정으로 앉아 있으며, 설옥군은 아무 일도 없었다는 듯 우뚝 서 있지 않은가.

설옥군 본인도 불신의 표정을 짓고 있었다. 그녀는 두 팔이 뻐근할 뿐 가벼운 내상조차 입지 않았다.

'내가 이겼어……'

자신의 눈으로 직접 생생하게 보고 있으면서도 믿어지지가 않았다.

그런데 기쁘거나 즐겁지 않았다. 저만치에 화라연이 넋 잃은 표정으로 주저앉아 있는 모습을 보니까 기쁘기는커녕 마음 한 귀퉁이가 짠했다.

"할머니……."

설옥군이 화라연을 부르려는데 그보다 더 빨리 설대운과 화백이 큰 소리로 외치면서 그녀에게 달려갔다.

"어머니!"

"대도주!"

다음 순간 화라연이 날카롭게 소리쳤다.

"멈춰라!"

"어머니……."

"더 다가오면 모자의 연을 끊겠다……!"

설옥군은 그렇게 말하는 화라연의 얼굴이 수치심과 절망으로 물들어 있는 것을 보았다.

설옥군은 본의 아니게 결국 건너서는 안 될 강을 건너고 말았다. 그리고 그 강을 다시 건너 되돌아올 수 없다는 사실도 어렴풋이 느꼈다.

설옥군은 착잡한 표정을 지으면서 어쩌다가 일이 이 지경까지 되었는지 참담한 심정이 되었다.

화라연은 조금 전과는 달리 착 가라앉은 표정으로 설옥군을 보며 조용히 말했다.

"네가 이겼으니 원하는 것을 말해라."

그녀는 여전히 앉아 있는 것으로 미루어 심각한 내상을 입은 것 같았다.

일어서게 되면 피를 토하거나 비틀거릴 수 있어서 그런 모습을 보이기 싫은 듯했다.

화라연은 설옥군의 무위가 어째서 이토록 고강해졌는지에 대해서 일언반구 묻지 않았다.

그것이 몹시 궁금함에도 일절 언급하지 않았다. 그걸 묻는 것은 자존심이 허락하지 않았다.

지금 그녀가 중요하게 여기는 것은 자신이 설옥군에게 패했다는 사실 하나뿐이다.

그것도 단 일초식의 겨룸에서 변명의 여지 없이 완벽하게 패했다는 사실이다.

이런 상황에서 화라연의 심정이 어떨지 짐작하는 것은 어려운 일이 아니다.

무림이대성역의 하나인 성신도 최강고수이며, 천하무림에서 그녀를 상대할 만한 절대고수는 다섯 손가락으로 꼽을 정도이거늘 그런 그녀를 설옥군이 단 일초식 만에 엉덩방아를 찧어서 뒤로 밀려나게 했다.

말하자면 이겨도 그냥 이긴 것이 아니라 화라연에게 최악의 치욕을 안겨주면서 이긴 것이다.

설옥군은 입술이 바싹 탔다. 일이 이렇게 돼버릴 줄은 조금도 예상하지 못했었다.

하지만 이것은 설옥군의 잘못이 아니라 어디까지나 화라연이 자초한 일이다.

설옥군이 자신의 일 장을 받고 쓰러지지 않으면 원하는 것을 들어주겠다고 그녀가 말했었다.

'그래, 내 잘못이 아냐. 그리고 만약 내가 패했다면 꼼짝하지 못하고 할머니에게 끌려다니게 됐을 거야.'

설옥군은 그렇게 자위했다. 또한 어쩌면 이것이 자신에게 찾아온 기회일지도 모른다는 생각이 들었다.

여기에서 조금이라도 마음이 약해지면 죽도 밥도 안 되고 할머니가 다시 설옥군의 운명의 끈을 쥐고 마음대로 휘두르게 될 것이다.

지금 이 순간이야말로 설옥군이 진정한 자유를 찾아야 할 때인 것이다.

그녀는 마른침을 삼키고 나서 차분하려고 애쓰면서 조용히 말문을 열었다.

"지금 이 시각부터 할머니께선 본도의 모든 일에서 손을 떼시고 어떤 일에도 참견하지 말고 은퇴하세요. 그게 제가 원하는 거예요."

"……!"

화라연은 잠깐 사이에 수십 년은 더 늙어버린 것 같은 수척한 얼굴에 네가 어떻게 그럴 수 있느냐는 듯한 표정을 짙게 떠올린 채 설옥군을 바라보았다.

설대운과 화백은 화라연보다 더 놀랐으면 놀랐지 결코 덜하지는 않았다.

두 사람은 상황이 너무 긴박하고 팽팽한 탓에 아무 말도 하지 못하고 경악하는 표정만 지을 뿐이다.

이미 엎질러진 물, 설옥군은 단호한 표정을 지었다. 여기에서 마음이 약해지면 더 나쁜 상황이 전개될 것이다.

"지금 즉시 성신도에 돌아가서 제 말을 실행하세요."

"너……."

화라연은 어이없는 듯 원망하는 듯한 표정을 짓고 잠시 설옥군을 쳐다보았다가 시선을 돌렸다.

"알았다."

'됐어…….'

설옥군은 화라연의 성품을 누구보다도 잘 알고 있다. 그녀가 자신의 입으로 '알았다'라고 말한다면 목숨을 걸고 그 말을 지킬 것이다.

설옥군은 설대운과 화백을 쳐다보며 조용히 말했다.

"아버지, 화 아저씨, 할머니 모시고 성신도로 가세요."

설대운은 걱정스러운 표정을 지었다.

"군아, 너는 어쩔 셈이냐?"

"저는 천군성으로 가겠어요."

그녀는 장원의 전문을 향해 걸어가는 동안 자신이 영웅문으로 가야 하는 게 아닐까? 하고 생각해봤으나 그런 생각은 한 호흡 만에 사라져 버렸다.

현재의 그녀는 영웅문의 태상문주 철옥신수가 아니라 천군성의 성주 천상옥녀인 것이다.

*   *   *

진천룡은 항주 영웅문으로 돌아왔다.

영웅문을 떠난 지 석 달 만의 귀환이다. 그런데 항주를 떠날 때는 설옥군과 둘이었지만 지금은 쓸쓸히 혼자가 되어서 돌아왔다.

　진천룡은 영웅문에 도착하기 전에 사람을 보내 자신을 떠들썩하게 영접하지 말라고 명령했다.

　또한 그는 자신이 도착하는 시간을 알리지 않고 마치 방문객처럼 영웅문 전문에 도착했다.

　영웅문 전문 양쪽은 언제나 활짝 열려 있으며 이십여 명의 내문오당 휘하 단기당(端機堂) 무사 즉, 단기무사들이 삼엄하게 지키고 있었다.

　처음에 진천룡과 부옥령, 훈용강, 청랑, 은조 등이 전문으로 다가가자 멋진 복장의 단기무사 몇 명이 앞으로 썩 나서면서 쩌렁하게 외쳤다.

　"멈추시오!"

　진천룡이 멈추자 훈용강이·썩 앞으로 나서면서 나직하게 호통을 쳤다.

　"네놈들 눈에는 문주의 존안이 보이지 않는 것이냐?"

　단기무사들은 진천룡의 얼굴을 자세히 보더니 고꾸라지듯이 그 자리에 부복했다.

　"우왓! 문주를 뵈옵니다!"

　"아이구! 죽을죄를 졌습니다!"

　진천룡은 손을 내저었다.

　"일어나라."

　단기무사들은 주춤거리면서 일어섰고, 우두머리가 허둥지둥 전문 안으로 뛰어갔다.

"문주의 왕림을 알리겠습니다……!"

"그만둬라."

훈용강이 우두머리를 제지하고 나서 진천룡에게 공손히 안쪽을 가리켰다.

"들어가시죠."

영웅문 안으로 걸어 들어가는 진천룡 일행 맨 뒤에 취봉삼비가 따르고 있다.

화운빙과 소가연, 한하려는 영웅문의 어마어마한 규모에 압도되어 눈을 휘둥그렇게 뜨고 두리번거렸다.

소가연이 느끼기에 영웅문에 비하면 취봉문은 측간 정도 규모밖에는 되지 않는 것 같았다.

"어머니, 황궁보다 더 으리으리한 것 같아요."

"그렇구나… 나는 이처럼 웅장한 전각들을 본 적이 없어서 입이 다물어지지 않는다."

화운빙은 전문에서 한참 걸어 들어왔는데도 아직 끝이 보이지 않자 질린 표정을 지었다.

'도대체 얼마나 넓은 것인가……?'

진천룡과 나란히 걷고 있는 부옥령이 나직이 물었다.

"집으로 가실래요?"

"그래."

"술 마실 거죠?"

부옥령이 묻자 진천룡은 고개를 끄떡였다.

부옥령이 손짓을 해 보이자 청랑이 바람처럼 앞으로 쏘아갔다.

용림재에 먼저 가서 술상을 봐두라고 전하려는 것이다.

이윽고 영웅문 끝에 이르러 긴 담이 있고 문이 나타나자 취봉삼비는 의아한 표정을 지었다.

"여긴 어딘가요?"

소가연이 정무웅에게 조심스레 물었다.

"영웅사문입니다. 영웅문에 소속된 가족들이 살고 있습니다."

"아……."

*　　　*　　　*

영웅사문으로 들어선 취봉삼비는 어리둥절해졌다.

소가연이 중얼거렸다.

"여기가 항주인가요?"

그녀의 눈앞에 펼쳐진 전경은 도성의 번화가를 옮겨놓은 것 같아서 그녀가 그렇게 말하는 것이 무리가 아니었다. 그녀는 진심으로 여기가 항주인 줄 알았다.

화운빙은 연신 두리번거리면서 말했다.

"항주는 아닌 것 같소."

십칠 세 아리따운 소녀의 외모를 지닌 화운빙은 목소리까지 앳된 소녀의 그것이었다.

소가연은 조금 전에 물어본 정무웅에게 다시 물었다.

"여기가 정말 영웅사문인가요?"

"그렇습니다."

"영웅문에 소속된 사람들 가족이 사는 곳 맞나요?"

"맞습니다."

"얼마나 되죠?"

대화하다가 두 사람은 나란히 걷게 되었다.

"영웅문 휘하 고수 말입니까? 아니면 가족 말입니까?"

"둘 다요."

정무웅은 잠시 생각하다가 대답했다.

"영웅문에는 영웅통위대와 총무전, 외문십오당, 내문오당이 있으며 도합 이천오백여 명의 고수에 만이천여 명의 가족들이 살고 있습니다."

"세상에나⋯⋯."

소가연은 설마 그렇게나 많은 사람들이 영웅문에 있는지는 상상하지 못했었다.

정무웅은 거미줄처럼 연결된 운하에 수많은 배들이 떠다니는 광경을 가리키며 설명했다.

"영웅사문 한복판을 세류천이 흐르고 있으며 그것들이 열두 개의 호수와 연결됐고 서른여덟 줄기의 운하들이 영웅사문

곳곳으로 뻗어 있습니다."

"네……"

소가연은 감탄하면서 들었다.

정무웅은 서쪽 저 멀리에 솟아 있는 산을 가리켰다.

"항주의 명산인 옥황산입니다. 영웅문의 땅은 저기까지 이어져 있습니다."

"그렇군요."

소가연은 고개를 끄떡이다가 정무웅을 쳐다보았다.

"실례지만 그쪽 가족도 영웅사문에서 사나요?"

"그렇습니다."

일행은 어느덧 진천룡의 집인 용림재에 도착했다.

용림재 옆 호숫가에는 새로운 전각 한 채가 지어지고 있으며 거의 완성 단계에 이르렀다.

삼 층 전각이고 둘레가 칠십여 장에 이르는 매우 큰 규모로 지어지고 있다.

얼마 전에 새로 영웅사문에 이주해온 진천룡 부모와 동생들이 거주할 집이다.

현재 진천룡 가족은 용림재에서 살고 있다. 용림재는 이 층이며 일곱 개의 큰 방과 주방, 휴게실, 욕실 등을 골고루 갖추고 있다.

용림재에는 사모님 상명과 딸 장한지, 그리고 진천룡의 사제인 독보가 살고 있다.

훈용강과 옥소, 정무웅 등이 진천룡에게 공손히 허리를 굽혀 인사했다.

"주군, 편히 쉬십시오."

진천룡은 고개를 끄떡였다.

"그래, 애썼다."

다른 때 같으면 술이나 한잔하고 가라고 붙잡았겠지만 오늘은 그럴 기분이 아니라서 진천룡은 고개를 끄떡이고 집으로 들어섰다.

그가 온다고 미리 연락하지 않았기 때문에 아무도 마중을 나오지 않았다.

진천룡은 일 층으로 들어섰다가 곧장 사모님 상명의 방으로 향했다. 돌아왔다는 인사를 하려는 것이다.

이제는 진천룡과 상명, 장한지, 독보와의 관계는 퇴색할 대로 퇴색되어서 그들과 그만 헤어져도 되는데 그는 그렇게 하지 않았다.

진천룡은 자신이 어려웠을 때 만난 상명 등을 가족으로 삼고 살아왔으므로 성공한 지금도 그들을 돌봐야 한다는 마음에 변함이 없었다.

척!

문을 열었더니 상명은 곤한 낮잠에 빠져서 업어 가도 모를 정도다.

그 모습을 보고 진천룡은 살짝 문을 닫고 나와서 이 층으로 올라갔고 부옥령과 은조, 그리고 취봉삼비가 뒤따랐다.

이 층에 올라오니까 주방에서 요리하는 소리가 들려서 진천룡은 그곳으로 다가갔다.

진천룡 어머니 손하린이 부지런히 요리를 하는 중이고 그 옆에서 청랑이 돕고 있는 모습이 보였다.

진천룡이 술을 마시겠다고 해서 조금 전에 부옥령이 청랑을 먼저 집으로 보냈었다.

손하린은 요리하는 데 열중한 나머지 아들이 온지도 모르고 있었다.

진천룡은 요리하는 손하린 뒤에 서서 물끄러미 그녀를 바라보기만 했다.

옆에서 보조하고 있는 청랑은 진천룡에게 공손히 고개를 숙이고 뒤로 슬그머니 빠졌다.

진천룡은 한 걸음 다가가 뒤에서 두 팔로 손하린을 꼭 안고 어깨에 얼굴을 묻었다.

"아……!"

손하린은 화들짝 놀랐으나 곧 자신을 안은 사람이 진천룡이라는 사실을 깨닫고 빙글 몸을 돌렸다.

"천룡아, 돌아왔구나."

"네, 어머니."

손하린은 이십일 년 만에 다시 찾은 아들을 꼭 안고 등을 부드럽게 쓰다듬었다.

"배고프지?"

졸지에 설옥군을 잃어버린 진천룡은 하늘이 무너지는 것 같은 충격과 절망을 겪고 있지만 겉으로 내색하지 않은 채 꾹 참고 있었다.

그러다가 집에 돌아와서 어머니를 보니까 참았던 슬픔이 걷잡을 수 없이 확 몰려온 것이다.

손하린은 아들이 큰 아픔과 슬픔을 겪고 있으며 그래서 위로가 필요하다는 사실을 느낌으로 알아차렸다.

그녀는 아들이 무엇 때문에 아픔과 슬픔을 겪고 있는지는 몰라도 된다고 생각했다.

자신의 역할은 아들을 위로하여 그것을 조금이라도 덜어주는 것이기 때문이다.

진천룡은 손하린 어깨에 뺨을 묻고 눈을 감은 채 노곤한 목소리로 중얼거렸다.

"네, 어머니가 만든 요리 냄새를 맡으니까 갑자기 배가 고파졌어요."

"그래, 얼른 차려줄 테니까 조금만 참아라."

손하린은 진천룡의 등을 토닥거렸다.

손하린이 식탁에 요리를 차리고 있는 동안에 아버지 진도제가 돌아왔다.

진도제는 진천룡이 돌아온 줄 모르고 집에 왔다가 아들을 발견하고 깜짝 놀라며 몹시 반가워했다.

"천룡아!"

진천룡을 발견한 진도제는 달려와서 그의 두 손을 와락 거머잡고 흔들며 크게 반가워했다.

"아버지!"

"별일 없었느냐?"

진도제가 자신의 몸을 이리저리 살피면서 묻자 진천룡은 마음이 크게 울컥했다.

"저한테 무슨 일이 있겠어요?"

진천룡은 아버지라는 존재가 이처럼 든든하다는 사실을 생전 처음 느끼고 가슴이 찡했다.

조금 전에 어머니에게 안겼을 때와는 또 다른 느낌이다. 어머니는 포근하고 아버지는 든든했다. 그래서 부모가 다 필요한 것이다.

무공으로 치면 진천룡의 일초식도 받아내지 못할 수준이지만 진도제를 든든하게 만드는 것은 무공이 아니라 아버지의 넉넉한 마음이었다.

진도제는 식탁에 차려져 있는 요리와 술을 보고 반색하며 물었다.

"술 마시려는 게냐?"

"네. 아버지도 드시겠어요?"

진도제는 손을 비비며 입맛을 다셨다.

"그럴까?"

그는 웃으면서 변명하듯 말했다.

"하하하! 방금 전까지만 해도 술 생각이 없었는데 네 엄마 요리를 보니까 배 속의 술벌레들이 난리로구나!"

진도제는 술병을 진천룡에게 내밀었다.

"자, 술 받아라."

"네, 아버지."

진도제가 술을 따르고 나자 진천룡 옆에 앉은 부옥령이 냉큼 두 손을 내밀었다.

"아버님, 소녀가 한 잔 올릴게요."

"어……"

사실 진도제는 영웅문 좌호법인 부옥령이 처음부터 몹시 어려웠었다.

소문으로는 그녀의 무공이 엄청나며 무정신수라는 별호가 말해주듯이 냉혹한 성품이라고 들었다.

부옥령이 술병을 내밀고 있는데 진도제는 선뜻 빈 잔을 내밀지 못하고 망설였다.

진천룡은 아버지가 부옥령을 어려워한다는 걸 눈치채고 미소를 지으며 말했다.

"아버지, 애 속은 아주 착해요."

"으… 응. 그래?"

진천룡은 부옥령의 머리를 헝클면서 쓰다듬었다.

"장난꾸러기지만 저의 분신 같은 녀석이에요. 옥령 없으면 저는 시체예요."

진천룡의 말에 부옥령은 가슴이 울컥했다.

진천룡이 그렇게까지 말하니까 진도제의 경계심도 많이 수그러졌다.

술이 몇 잔 돌아가자 진도제는 부옥령이 그다지 두려운 존재가 아니라는 사실을 알게 되어 마음을 놓았다.

부옥령도 자신이 어려운 사람이 아니라는 사실을 부각시키려고 많이 애썼다.

진도제는 저만치에 나란히 서 있는 취봉삼비를 보며 의아한 표정으로 진천룡에게 물었다.

"저 낭자들은 누구냐?"

부옥령이 손짓으로 그녀들을 불렀다.

"이리 와라."

부옥령은 식탁 가까이 다가와서 나란히 선 취봉삼비를 진도제에게 소개했다.

"아버님, 이번에 새로 거둔 여종이에요."

"여종… 이라고?"

부옥령은 취봉삼비에게 명령했다.

"너희들 아버님께 인사 올려라."

바짝 긴장하고 있던 취봉삼비는 급히 바닥에 무릎을 꿇고 고개를 조아렸다.

"대인을 뵈어요."

진도제는 크게 당황하여 자리에서 벌떡 일어섰다.

"어… 어서 일어나시오."

부옥령은 취봉삼비를 일어나게 한 후에 잔뜩 애교 어린 표정으로 말했다.

"이들은 복건성 취봉문의 태상문주와 문주, 제 일장로예요. 자기들이 이분의 여종이 되겠다고 자청했어요."

"취봉문……."

진도제의 얼굴이 해쓱하게 변했다.

절강성 변두리의 해웅방 당주였던 그가 복건제일문파인 취봉문을 모를 리가 없다.

그런 취봉문의 태상문주와 문주, 제 일장로가 아들 진천룡의 여종을 자청했다는 말을 두 귀로 들었으면서도 믿어지지가 않았다.

"아아……."

진도제는 아들의 어마어마한 위상을 새삼스럽게 느끼고 아련한 표정으로 그를 바라보았다.

순전히 자신의 힘으로만 성장하여 이십일 년 만에 만난 아들이 하늘처럼 거대하게 보였다.

진천룡은 취봉삼비에게 지나가는 말처럼 물었다.

"너희들도 술 마실래?"

한하려와 화운빙은 깜짝 놀라서 두 손을 내젓는데 소가연이 냉큼 활달하게 대답했다.

"네, 주인님!"

소가연은 한하려와 화운빙이 말리기도 전에 진천룡 옆에 번개같이 앉았다.

진천룡은 미소 지으며 한하려와 화운빙에게 말했다.

"너희도 앉아라."

한하려와 화운빙은 소가연 옆에 조심스럽게 앉았다.

원형의 큰 식탁 한쪽에 진천룡과 부옥령, 소가연, 한하려, 화운빙이 모여 앉았고 맞은편에 진도제 혼자 덩그러니 앉아 있는 광경이다.

술이 여러 순배 돌았지만 좌중은 별다른 말 없이 침묵이 이어졌다.

진천룡과 진도제는 같이 산 적이 없었기 때문에 대화를 할 만한 화젯거리가 없다.

"아버지, 낚시 좋아하세요?"

어색한 분위기를 깨려고 진천룡이 물었으나 진도제는 고개를 가로저었다.

"해본 적 없단다."

"언제 시간이 나면 저하고 낚시를 해봐요."

"그러자꾸나."

그러고는 대화가 끊어졌다.

한동안 침묵이 흘렀다가 진도제가 궁금한 표정으로 물었다.

"그런데 옥군이라는 낭자가 보이지 않는구나."

진도제는 자신의 말에 진천룡과 부옥령의 표정이 크게 변하는 것을 발견하고 말을 잘못 꺼낸 것이 아닌가 하는 생각이 들었다.

하지만 진천룡은 아버지의 물음을 무시할 수가 없어서 차분한 목소리로 대답했다.

"그녀는 실종됐습니다."

"실종?"

부옥령은 얘기가 길어질 것 같아서 재빨리 화제를 바꿨다.

"주군, 검황천문의 동태에 대해서 보고를 받아야 하지 않을까요?"

진도제는 바보가 아니라서 부옥령이 의도적으로 설옥군 얘기를 하지 않으려는 사실을 깨달았다.

진천룡은 고개를 끄떡였다.

"내일 아침에 보고를 받자."

"뜨거운 맛을 봤으니까 앞으로는 동방장천이 함부로 날뛰지 못할 거예요."

취봉삼비는 동방장천이 뜨거운 맛을 봤다는 말에 적잖이 놀라는 표정을 지었다.

대화에 끼고 싶은 진도제가 궁금한 듯 물었다.

"천룡아, 동방장천이 누구냐?"

"검황천문 태문주입니다."

"절대검황 말이냐?"

"네, 아버지."

"맙소사······."

진도제는 눈을 휘둥그렇게 뜨고 입을 크게 벌리며 놀랐다.

第百五十九章

효성태자

　진도제에게 검황천문 태문주 절대검황은 하느님이나 마찬가
지인 존재다.

　그런데 이 사람들은 강남 무림을 지배하고 있는 검황천문의
절대자 동방장천이 진천룡 등에게 뜨거운 맛을 봤기 때문에 앞
으로는 함부로 날뛰지 못할 것이라고 말하고 있었다.

　소가연이 진천룡의 빈 잔에 술을 따르면서 궁금한 얼굴로
물었다.

　"주인님께서 절대검황을 혼내주셨나요?"

　"우리들이 했지."

　"주인님들께서 절대검황을 합공하셨나요?"

부옥령이 대신 설명했다.

"우리가 남창 조양문에 있는데 동방장천과 그의 사부인 철염, 자염빙 부부가 공격을 해왔다."

소가연은 의아한 얼굴로 물었다.

"철염과 자염빙이 누군가요?"

부옥령은 태연하게 대답했다.

"금혈마황과 그의 부인 요천여황이지."

"아!"

"앗!"

"맙소사……"

취봉삼비는 물론이고 진도제마저도 소스라치게 놀라서 한동안 말을 잃었다.

금혈마황이 누군가. 육십 년 전에 천하 무림을 주유하면서 무려 천여 명이나 죽인 살인마였다.

구파일방이 무림 공적으로 지정하고 그의 성명절학인 금혈신강을 무림칠금공에 포함했다.

어찌 보면 금혈마황은 절대검황 동방장천보다 더 무서운 초극고수라고 할 수 있다.

또한 요천여황 자염빙은 어떤가. 천하오계 중에 하나인 요천사계의 절대자였었다.

천하오계는 한 지역의 패자인 천군성이나 검황천문하고는 의미가 다르다.

천하오계의 각 계(界)는 눈에 보이지는 않지만 고수의 수가 훨씬 많고 막강한 세력을 지니고 있다.

취봉삼비는 영웅문과의 싸움에서 요천여황이 죽었다는 소문을 들은 적이 있지만 이렇게 당사자들에게 직접 그리고 자세히 들으니까 더욱 실감이 났다.

취봉삼비와 진도제의 얼굴에 놀라움과 긴장이 뒤섞여서 팽팽하게 떠올랐다.

웬만해서는 먼저 나서지 않는 화운빙이 조심스럽게 부옥령에게 말을 꺼냈다.

"금혈마황은 어떻게 됐나요?"

부옥령은 공손히 진도제에게 술을 따르고 나서 착 가라앉은 목소리로 말했다.

"죽은 거나 마찬가지일 정도로 극심한 중상을 입었지. 동방장천도 마찬가지였고."

"아……."

"우리 쪽도 나를 비롯해서 몇 명이 저승 문턱까지 갔었지. 주군께서 치료해 주지 않으셨다면 다 죽었을 거야. 우린 주군이 안 계시면 아무것도 아냐."

진천룡은 가볍게 부옥령을 꾸짖었다.

"쓸데없는 소리, 너야말로 영웅문의 주축이자 핵심이다. 옥군과 네가 아니었으면 여기까지 오지도 못했어."

그는 부옥령에게 술병을 내밀었다.

"너한테는 내 목숨을 바쳐도 아깝지 않지만 지금은 이 술 한 잔으로 대신하마."

"주군……."

부옥령은 울컥해서 망연히 그를 바라보다가 얼른 술을 마시고 빈 잔을 내밀었다.

그럴 리가 없는데 술잔을 내민 그녀의 두 손이 가늘게 떨리고 있었다.

그때, 소가연이 놀라면서 말했다.

"좌호법님, 우세요?"

"내… 내가 언제……."

부옥령은 깜짝 놀라서 얼른 고개를 돌리고 손등으로 눈물을 훔쳤다.

부옥령의 그런 모습에 취봉삼비는 적잖이 놀랐다. 그녀들이 겪어보며 알게 된 부옥령은 단호하고 차가우며 자비심이 없는 별호 그대로 무정(無情)이었기 때문이다.

바늘로 찔러도 피 한 방울 나올 것 같지 않은 그녀가 진천룡의 말에 두 눈 가득 눈물이 고였다는 사실이 그저 놀라울 따름이었다.

실제로 부옥령은 크게 감격하고 있었다. 주군이, 아니, 사랑하는 정인이 자신을 위해서 목숨을 바쳐도 아깝지 않다고 말하는데 그녀가 제아무리 강심장이라고 해도 눈물이 나오지 않을 수가 없었다.

진천룡은 부옥령이 술잔을 두 손으로 잡은 채 고개를 숙이고 있는 모습을 보고 마음이 애잔해졌다.

자신이 평소에 그녀에게 얼마나 못 했으면 그깟 따스한 말한마디에 이런 반응을 보이는 것인지 자책마저 들었다.

그는 문득 부옥령이 자신에게 매우 소중한 존재라는 생각이 들었다.

물론 설옥군만큼은 아니지만 그녀를 제한다면 이 세상에서 그녀만 한 여자를 찾기는 불가능할 것이다.

설옥군이 없는 지금 부옥령은 설옥군의 몫까지 합쳐서 진천룡에게는 절대적인 존재가 되었다.

슥…….

진천룡은 아무도 몰래 탁자 아래에서 손을 뻗어 부옥령의 허벅지에 얹었다.

부옥령은 고개를 들고 그를 바라보는데 두 눈에 눈물이 그렁그렁 고였다.

그녀의 모습이 한없이 아름답고 애처로워서 마치 한 떨기 백합이 이슬을 머금고 있는 것 같았다.

취봉삼비는 물론이고 진도제마저도 부옥령의 숨 막히는 절대완미에 모든 동작을 멈추고 그녀를 바라보았다.

그러나 이때만큼은 부옥령은 다른 사람의 시선을 조금도 의식하지 않고 자신의 감정에만 충실했다.

그녀는 술잔을 두 손으로 꼭 잡고 촉촉하게 젖은 두 눈으로 진천룡을 바라보았다.

[소첩을 사랑하나요?]

부옥령은 아무도 들을 수 없도록 혜광심어의 방법으로 자신의 마음을 진천룡에게 전했다.

진천룡이 부옥령을 사랑하지 않을 이유가 없다. 물론 설옥군을 사랑하는 것하고는 조금 다른 이유와 형태지만 그녀를 분명히 사랑하고 있다.

[그래.]

부옥령도 그걸 알고 있다. 그래도 상관없다. 중요한 것은 그가 자신을 사랑하고 있다는 사실이다.

천군성의 철혈여협 흑봉검신이 어쩌다가 사랑놀음에 빠져서 쩔쩔 짜고 있는 것인지 모를 일이다.

하지만 그녀는 자신이 그런 상황에 처했다는 사실을 까맣게 모르고 있다.

어떤 약으로도 고칠 수 없는 사랑이라는 마약에 흠뻑 취해 있기 때문이다.

술을 마시고 나서 부옥령은 진천룡에게 더 가깝게 바싹 붙어 앉았다.

그녀는 진천룡이 자신의 허벅지에서 손을 떼려고 하자 얼른 붙잡았고 더 나아가서 그녀도 그의 허벅지에 가만히 손을 얹었다.

그때 청랑이 들어와서 공손히 아뢰었다.

"주인님, 통위대주가 찾아왔어요."

진천룡에 대한 일이라면 영웅통위대가 담당하고 있다.

"들여보내라."

옥소가 들어와서 가까이 다가와 공손히 보고했다.

"주군, 손님이 찾아왔습니다."

"누구냐?"

"태자입니다."

진천룡은 의아한 표정으로 물었다.

"누구라고?"

"효성(曉星)태자입니다."

부옥령의 안색이 홱 변했지만 진천룡은 보지 못하고 옥소에게 물었다.

"그가 뭐 하는 사람이냐?"

"당금 대명제국 황제의 아들입니다."

부옥령을 제외한 사람들은 크게 놀랐다. 진도제는 벌떡 일어나기까지 했다.

진천룡은 뜨악한 표정을 지었다.

"그가 무슨 일로 날 만나겠다는 것이냐?"

"만나서 말씀드리겠답니다."

진천룡은 고개를 갸웃거렸다. 그와 태자하고는 아무런 연관이 없기 때문이다.

[만나지 마세요.]

그때 부옥령이 혜광심어의 수법으로 자신의 내심을 진천룡에게 전했다.

진천룡이 부지중에 쳐다보자 그녀는 말간 매혹적인 눈으로 그를 바라보며 계속 혜광심어로 말했다.

[예로부터 무림은 황궁이나 관(官)하고는 엮이지 않는 편이 좋아요.]

그런 말은 진천룡도 예전에 들어본 적이 있고 그의 생각도 같았다.

진천룡은 옥소에게 즉시 말했다.

"만나지 않겠다고 해라."

취봉삼비와 진도제는 크게 놀랐지만 옥소는 즉시 몸을 돌려 밖으로 나갔다.

소가연이 염려스러운 표정을 지으며 진천룡에게 조심스럽게 말했다.

"주인님, 괜찮으시겠어요? 상대는 태자인데요?"

'상대는 태자'라는 말이 진천룡의 비위를 살짝 건드렸기에 그는 심드렁하게 말했다.

"그게 뭐 어떻다는 것이냐?"

소가연은 진천룡이 태자를 만나지 않겠다고 하는 이유를 이해할 수가 없었다.

"이 땅의 주인은 대명제국이고요. 효성태자는 대명제국 황제의 아들이라고요. 그를 문전박대했다가는 대명제국을 적으로 삼게 될 거예요."

"흠."

그렇지만 진천룡은 끄떡도 하지 않고 더 말해보라는 듯 팔짱까지 꼈다.

소가연은 진천룡을 비난하려는 것이 아니라 효성태자를 만나보라고 설득하는 차원에서 말을 이었다.

"주인님, 이 땅에 사는 사람은 어느 누구라도 대명제국 황제의 백성이에요. 주인님이라고 해도 그 사실에서는 자유로울 수가 없거든요?"

"아니, 틀렸다."

진천룡은 고개를 가로저었다.

"뭐가 틀렸나요?"

"나는 그의 백성이 아니다. 최소한 영웅문 휘하의 사람들은 그의 백성도 그 뭣도 아니다."

"……"

소가연은 진천룡의 너무도 강한 반박에 할 말을 접고 잠자코 있었다.

진천룡은 처음에는 그저 부옥령이 시키는 대로 효성태자를 만나지 않겠다고 했으나 소가연과 대화를 할수록 대명제국과 황제, 효성태자에 대한 자신만의 정체성을 조금씩 형성하게 되었다.

진천룡은 원래 박학다식하지 않기 때문에 똑똑한 부옥령에게 물었다.

"령아, 이 땅이 원래 대명제국 것이냐?"

부옥령은 배시시 고혹적인 미소를 지었다.

"그럴 리가 있겠어요? 산과 들과 강, 그리고 바다에 무슨 주인이 있겠어요?"

"그렇지?"

진천룡은 자신의 생각이 맞자 콧구멍을 크게 벌렁거리면서 흥분했다.

부옥령은 진천룡의 허벅지를 부드럽게 쓰다듬으면서 사랑이 듬뿍 담긴 눈빛으로 그를 바라보았다.

"왕조나 황조라는 것은 단지 이 땅을 지배할 뿐이지 진정한 주인이라고는 할 수 없어요. 명나라 이전에는 원(元)나라가 몇 백 년 동안 이 땅의 주인 행세를 했으며, 그 이전에는 금(金)나라, 그리고 그 전에는 송(宋)나라였어요. 왕조나 황조가 바뀔 때마다 그들은 자신들이 이 땅에 주인입네 하지만 어찌 조물주이신 천지신명께서 만드신 천하만물 삼라만상이 일개 인간의 소유물일 수 있겠어요?"

"흐흠! 그렇다는 말이지?"

부옥령 덕분에 기분이 한층 좋아진 진천룡은 상이라도 내리는듯 손바닥으로 그녀의 허벅지를 쓰다듬으면서 콧김을 뿜으며 말했다.

"대명제국은 나에게는 물론이고 영웅문 사람들에게도 해준 것이 전혀 없다. 하지만 우린 관에 막대한 세금을 꼬박꼬박 내고 있지."

"맞아요."

기분이 좋아진 부옥령도 맞장구를 쳤다.

진천룡은 술을 많이 마셔서 대취했다.

설옥군이 실종된 것에 대한 상실감과 효성태자에 대한 반발심 때문에 평소보다 더 많은 술을 마셔서였다.

부옥령도 고주망태가 되어 취봉삼비의 부축을 받고 침상에 누웠다.

취봉삼비는 이전에도 진천룡과 부옥령이 한 침상에서 잔다는 걸 알고 있었으므로 두 사람이 깊은 관계일 것이라고 짐작하여 아무 생각 없이 두 사람을 침상에 나란히 눕히고 돌아갔다.

"으음……."

진천룡은 잠결에 누군가와 격렬한 사랑을 나누고 있었다.

그는 그 여자가 설옥군이라고 생각하여 잠결에 나직이 흐느끼면서 그녀를 부둥켜안고 미친 듯이 사랑을 했다.

그녀의 입술과 혀를 유린했으며, 옷을 찢어 벗기고는 그녀를 정복했다.

부옥령은 머리가 깨질 것처럼 아프고 속이 메슥거리는 것을 느끼면서 잠이 깼다.

그녀는 눈을 뜨기도 전에 지금 어떤 상황인지 느낌만으로 알아차렸다.

그녀가 살짝 눈을 뜨자 바로 앞에 진천룡의 잠든 옆얼굴이 커다랗게 보였다.

그녀는 그의 팔베개를 한 채 가슴과 배에 팔과 다리를 얹은 자세로 잠을 잤었던 것 같다.

그리고 예상했던 대로 두 사람 다 옷을 입지 않은 전라의 상태였다.

'또……'

부옥령의 가슴이 철렁 내려앉았다. 지난번에 이어서 오늘이 두 번째다.

*　　　　*　　　　*

그녀는 만취한 상태였던 지난밤 기억을 더듬어보았다.

그녀는 진천룡이 자신의 옷을 벗기고 찢을 때 정신이 있었지만 전혀 막지 않았다.

아니, 오히려 그가 옷을 잘 벗길 수 있도록 몸을 들썩거리면서 도와주었다.

그러자 그의 격렬한 애무가 그녀의 온몸에 소나기처럼 쏟아졌었다.

지금 다시 생각해 봐도 몸이 점점 뜨거워지고 머릿속이 하애질 지경이다.

정말이지 그때는 너무 좋아서 죽을 것만 같았었다. 그런 순간을 얼마나 기다렸는가 말이다.

지난번 처음 진천룡과 그랬을 때도 황홀했지만 어젯밤은 그때보다 몇 배나 더 좋았었다.

그래서 하마터면 마지막 선을 넘을 뻔했었다.

진천룡은 취중에 부옥령이 설옥군이라 착각하여 선불 맞은 멧돼지처럼 저돌적으로 달려들었다.

부옥령 역시 만취했으며 평소 목숨을 바쳐서 사랑하는 진천룡의 애정 공세에 황홀함에 빠져서 정신을 거의 잃을 지경에 처했었다.

그러나 부옥령은 지난번에 이어서 이번에도 마지막 순간에 진천룡을 저지하는 데 성공했다.

만약 그 찢어지는 듯한 아픔이 아니었다면 그녀는 그저 황홀함에 빠져서 마지막 선을 넘고 말았을 터였다.

진천룡이 그녀에게 들어올 때 찌릿한 고통과 함께 정신이 번쩍 들었다.

그래서 그녀는 다급히 진천룡의 혼혈을 제압해서 강제로 잠을 재웠던 것이다.

부옥령은 코를 골면서 세상모르게 자고 있는 진천룡의 준수한 옆얼굴을 물끄러미 바라보았다.

어젯밤 같은 일이 다시는 없어야 하는데도 그녀는 멈출 수가 없다.

그의 뜨거운 사랑을 갈구하기 때문이다. 그가 사랑하는 사람이 설옥군인지 알면서도, 그가 그녀를 설옥군으로 착각하고서 그러는 줄 아는데도 그렇게 해서라도 그의 뜨거운 사랑을 원하고 있는 것이다.

더 중요한 문제가 있다. 설옥군이 떠났으니까 명분상으로는 부옥령이 이곳에 더 이상 있을 이유가 없다는 점이었다.

그녀의 원래 신분은 천군성 좌호법이기 때문이다. 그렇지만 솔직하게 말하면 그녀의 본심은 천군성 좌호법보다는 영웅문 좌호법으로 남아 있고 싶다.

아니, 영웅문 좌호법이 아니라 진천룡의 여종으로 남아서 그의 그림자로 살고 싶은 것이 진짜 본심이다.

부옥령은 설옥군을 데리고 간 성신도가 그녀의 고향이라는 사실을 알고 있다.

모르긴 해도 설옥군이 걸린 기억상실은 성신도에서 해결해 줄 것이다.

그렇게 되면 설옥군은 기억을 되찾을 것인데 관건은 그녀가 기억을 잃은 후에 생긴 새로운 기억을 잃어버리지 않았느냐는 것이다.

만약 설옥군이 새로운 기억을 잃지 않고 간직했다고 해도 부옥령이 알고 있는 그녀라면 절대로 진천룡에게 돌아오지 않을 것이다.

설옥군의 본성을 몇 마디 말로 설명하라면 냉혹, 오만하고 전투적이며 지배욕이 강하다.

그녀가 기억을 잃고 진천룡과 보낸 일 년이라는 기간 동안 두 사람은 어느 누구하고도 비교할 수 없을 정도로 가까운 연인 사이였었다.

부옥령이 겪어본 설옥군은 진심으로 진천룡을 깊이 사랑하고 있었다.

하지만 그것은 그녀가 기억을 잃었기 때문이었다. 기억상실이 아니었다면 그녀가 진천룡을 사랑하는 일 따위는 절대로 일어나지 않았을 것이다.

기억을 되찾은 설옥군은 천군성으로 돌아가 본래의 위치에서 자신의 일을 하게 될 것이다.

어쩌면 진천룡을 가끔 떠올리겠지만 그것은 그를 사랑해서가 아니라 기억에 남아 있기 때문일 뿐이다.

부옥령은 설옥군이 두 번 다시 진천룡을 찾지 않을 것이라고 확신했다.

그렇다면 부옥령이 진천룡을 독차지할 수 있다. 그녀가 천군성으로 돌아가지 않는다면 말이다.

부옥령은 결정해야만 할 것이다. 만약 그녀가 천군성에 돌아가지 않는다고 해도, 설옥군이 그녀가 영웅문에 있다는 사실을 기억한다고 해도 그녀를 찾으러 여기까지 오지는 않을 것이다.

부옥령은 천군성에 대한 그리고 천상옥녀에 대한 충성심이 예전 같지 않고 많이 퇴색해 있었다.

오히려 지금은 어째서 그녀에게 충성을 해야 하는지 이유를 알지 못할 정도다.

'가지 않겠어……!'

부옥령은 이곳에 남기로 결심했다. 여기서 그녀가 모르고 있는 것이 있었는데, 그녀는 자신이 설옥군에 대한 충성심이 없어졌다고 생각했지만 그건 착각이란 것이었다.

진천룡에 대한 사랑이 너무 커서 설옥군에 대한 충성심을 덮어버렸기 때문이다.

부옥령은 상체를 일으키고는 진천룡의 입술에 자신의 입술을 포개고 잠시 있다가 침상에서 내려왔다.

원래 키가 크고 늘씬한 그녀의 몸은 그야말로 빙기옥골(氷肌玉骨)이었다.

잡티 한 점 없는 새하얀 살결에 늘씬하면서도 풍만한 몸매는 천하절색이라 불려도 전혀 손색이 없었다.

그녀는 옷을 다 입은 후에 진천룡의 혼혈을 풀어주고는 재빨리 침실에서 나갔다.

부옥령이 차를 마시고 있을 때 옥소가 들어왔다.

"간밤에 작은 소동이 있었습니다."

가녀린 체구에 하얀 얼굴, 예쁘장한 용모를 지닌 옥소는 영

웅통위대 대주라는 직책에 걸맞게 엄숙하고도 진지한 언행을
유지했다.

"뭐냐?"

"효성태자가 주군을 만나려고 강제 진입을 시도하다가 제압
됐습니다."

부옥령은 미간을 잔뜩 좁혔다.

"그래?"

"효성태자가 혼자 오지는 않았을 텐데? 몇 명이나 이끌고 왔
더냐?"

효성태자는 어렸을 때부터 황궁무예를 배웠으나 이류무사
에 불과하다. 그는 태자이기 때문에 설사 마도나 사파, 요계라
고 해도 함부로 건들지 못하지만 언제나 쟁쟁한 황궁고수들을
이끌고 다닌다.

"황궁고수 백 명을 이끌고 왔는데 뭔가 이상해서 모두 제압
해서 족쳤더니 뜻밖의 결과가 나왔습니다."

"황궁고수가 아니라 천군성 고수들이었습니다."

"뭐어?"

부옥령은 놀라서 벌떡 일어섰다.

효성태자가 남경의 검황천문 고수들을 이끌고 왔다고 해도
놀랄 판국에 이곳에서 무려 팔천여 리나 멀리 떨어진 낙양의
천군성 천군고수 백 명을 이끌고 왔다니까 놀랄 수밖에 없는
것이다.

어젯밤에 술 마실 때 효성태자가 진천룡을 만나러 왔다는 보고를 받았을 때 부옥령이 단칼에 거절한 데에는 다 그럴 만한 이유가 있었다.

효성태자가 이곳에 온 이유가 무엇인지 짐작하고 또 그가 부옥령의 얼굴을 알고 있기 때문이다.

어쩌면 효성태자는 십칠 세 소녀가 된 부옥령을 알아보지 못할 수도 있다.

어쨌든 효성태자가 진천룡 앞에서 설옥군이 천군성주이며 그녀가 어디에 있는지 따지고 든다면 골치 아픈 일이다.

그때 휴게실 문이 열리고 진천룡이 들어섰다.

척!

"천군성 고수라니, 북성 천군성 말이냐?"

그는 들어오면서 불쑥 그렇게 물었다.

부옥령은 그 사실을 진천룡이 모르고 있기를 원했지만 알아 버리고 말았다.

옥소는 고개를 숙이며 공손히 대답했다.

"분근착골로 고문한 결과 그들이 그렇게 대답했습니다. 자신들이 천군성 휘하 동천군(東天軍) 소속이라고 말입니다."

부옥령은 미간을 찌푸리고 속으로 중얼거렸다.

'대체 어떤 정신 나간 놈이 동천군을 효성태자에게 내줬다는 말인가?'

천군성에는 크게 내성(內城)과 외성(外城)이 있으며, 내성은 천군칠천(天軍七天)이고, 외성은 천외오전(天外五殿)이라고 부른다.

천군칠천은 동서남북 넷에 중(中), 고(高), 상(上), 세 개의 천(天)이 더해졌다.

천군칠천의 최고는 상천(上天)이며 성주인 설옥군의 직속이고, 그다음이 고천(高天)으로 부옥령의 직속이며, 다음은 중천(中天)으로 우호법 백호도신 담제웅의 직속이다.

상천과 고천, 중천을 제외하면 동서남북 중에서 동천이 가장 센데 그들 백 명이 효성태자를 수행했다는 것이다.

천군칠천과 천외오전 모두를 움직일 수 있는 사람은 천군성주 한 명뿐이다.

그리고 좌호법은 상천을 제외한 모두를, 그다음 우호법은 상천과 고천을 제외한 모두에게 명령을 내릴 수 있다.

천군성에 천상옥녀가 부재중일 때에는 제이인자인 태상군사(太上軍師)가 상천을 제외한 모두를 움직일 수 있다.

그러니까 동천군을 효성태자에게 내준 사람은 태상군사나 우호법 둘 중 한 명일 것이다.

진천룡은 부옥령 옆에 앉아서 그녀가 마시던 찻잔을 들어 입으로 가져갔다.

"령아, 그게 무슨 뜻인 것 같으냐?"

효성태자가 북성 혹은 북신이라고 불리는 천군성의 고수들을 이끌고 영웅문에 온 것이 무슨 뜻이냐는 물음이다.

부옥령은 애써 미소 지으며 고개를 가로저었다.

"글쎄요. 저도 모르겠어요."

"태자라는 작자를 만나봐야겠다."

부옥령은 할 수 있는 데까지 진천룡을 말리고 싶었다.

"꼭 그럴 필요가 있겠어요?"

"응? 그런가?"

"제가 처리할 테니까 주군께선 쉬고 계세요."

진천룡은 설옥군에게 그랬듯이 부옥령의 말을 한 번도 거스른 적이 없었다.

"그동안 주군께선 간부들이나 만나보세요."

"알았다."

진천룡은 빙그레 미소 지으면서 고개를 끄떡이며 일어나 방을 나갔다.

그런 진천룡을 보면서 부옥령의 가슴이 따스해졌다.

'좋은 사람……'

*   *   *

부옥령은 옥소를 앞세우고 효성태자를 보러 갔다.

그들은 뇌옥이 아닌 쌍영웅각 후원의 별전각에 분산해서 감금되어 있었다.

별전각 앞에서 부옥령이 옥소에게 물었다.

"어째서 그들을 뇌옥에 가두지 않았느냐?"

옥소는 걸음을 멈추고 나서 부옥령과 나란히 걸으며 공손히 대답했다.

"검황천문이라면 즉각 뇌옥에 감금했겠지만 천군성과 본문은 아직 적대 관계가 아니기 때문입니다."

"그런가?"

그 대처에 감탄한 부옥령은 옥소가 보기보다 매우 총명하다는 생각이 들었다.

부옥령은 효성태자를 만나기 전에 천군성 동천고수들의 우두머리부터 만났다.

별전각의 별실들은 그다지 크지 않기 때문에 옥소는 효성태자를 제외한 백 명을 이십 명씩 나누어서 감금했다.

척!

방 앞을 지키는 영웅통위대 고수가 문을 열어주고 부옥령과 옥소가 안으로 들어갔다.

부옥령은 마혈이 제압된 청의경장차림의 사내들을 빠르게 쓸어보다가 실소를 머금었다.

옥소가 고문해서 얻은 결과대로 이들은 천군성 동천고수들이 분명했다.

부옥령이 이십여 명을 한번 죽 훑어보니까 하나같이 낯익은 얼굴들이다.

부옥령이라고 해서 천군성 고수 수천 명의 얼굴을 다 외우고 있지는 않다.

단지 동서남북 사천 중에서 최상급인 동천고수 삼백 명 정도는 알고 있다는 얘기다.

마지막으로 부옥령의 시선이 한 명에게 고정되었는데 그가 바로 우두머리이기 때문이다.

동천에는 세 명의 부천주(副天主)가 있고 그 위에 천주가 있으며, 지금 부옥령이 쳐다보고 있는 인물은 제이부천주 곤척산(坤陟山)이다.

천군성이라면 제이부천주 곤척산 정도 되는 인물은 부옥령 앞에서 얼굴도 들지 못했다.

부옥령이 누군지 알아차렸다면 바닥에 엎드려서 고개를 조아리고 있었겠지만 반로환동의 경지에 이르러 사십이 세에서 십칠 세로 어려진 부옥령을 곤척산이 알아볼 리가 만무하다.

움직이지 못하는 곤척산은 부옥령과 시선이 마주치자 눈알이 빠질 정도로 그녀를 노려보았다.

부옥령은 속으로 웃음이 났지만 착 가라앉은 차가운 목소리로 입을 열었다.

"천군성 동천고수들이 어째서 황궁의 효성태자를 호위하고 있는 것이냐?"

곤척산은 자신의 목덜미와 어깨가 뜨끔한 것을 느끼고 아혈이 풀렸음을 깨달았다.

그는 부옥령이 자신의 아혈을 풀어준 것이라고 짐작하고는 적잖이 놀랐다.

왜냐하면 그와 부옥령의 거리는 이 장이며 그녀가 손을 움직이는 것을 보지 못했기 때문이다.

그러나 감탄만 하고 있을 때가 아니라서 곤척산은 사나운 목소리로 말했다.

"그걸 어째서 내게 묻는 것이냐?"

"네가 이들 백 명의 우두머리가 아니냐?"

"……!"

곤척산은 적잖이 놀랐다. 그는 다른 동천고수하고 똑같은 옷을 입고 있어서 조금도 특별해 보이지 않았기 때문이다.

第百六十章

무림의 제국 영웅문

곤척산이 입을 굳게 다물고 부옥령을 쏘아보자 그녀는 대수롭지 않다는 듯 말했다.

"나는 너의 신분이 동천 제이부천주인 곤척산이라는 사실도 알고 있다."

"아……."

곤척산은 놀라서 눈을 크게 떴다.

"궁금하지 않으니까 대답하지 않아도 된다."

부옥령은 곤척산이 뭐라고 말하기도 전에 몸을 돌려 방을 나가면서 혼잣말로 중얼거렸다.

"백강조(白江祚) 이놈은 어찌 된 놈이기에 효성태자에게 고수들을 내주었다는 건가?"

백강조는 동천주 이름이다. 부옥령이 동천주의 이름을 함부로 부르자 곤척산은 크게 놀랐다.

"당신, 도대체 누구요?"

부옥령은 천군성 군데군데에 자신의 심복을 박아두었는데 곤척산이 바로 그렇다.

사리사욕을 위해서 그런 것이 아니다. 그녀가 설옥군에게 충성을 하려면 천군성이 어떻게 돌아가고 있는지 속속들이 알아야만 하기 때문이다.

부옥령은 곤척산의 말을 귓등으로 흘리고 그 방에서 나와 효성태자가 있는 방으로 갔다.

그때부터 곤척산은 부옥령이 도대체 어떻게 해서 자신과 동천주 백강조를 아는지 머리가 깨지도록 고민하며 끙끙거렸다.

          *   *   *

척!

호위고수가 열어준 문으로 부옥령 혼자 들어갔다.

탁자 앞의 의자에 앉아서 창밖을 내다보고 있던 효성태자가 들어서는 부옥령을 무심코 쳐다보았다.

효성태자는 이류무사 수준이라서 전혀 위협이 되지 않으므로 옥소는 그의 혈도를 제압하지 않고 대신 문밖에 호위고수를 세워두었다.

효성태자는 들어선 사람이 십칠 세의 천하절색 미소녀라서 흠칫 놀라며 자리에서 벌떡 일어섰다.

그는 자신이 사랑하고 있는 천상옥녀 설옥군이 천하제일의 미녀라고 굳게 믿었는데 그녀에 뒤지지 않는 절색미녀를 보고는 놀라움을 감추지 못했다.

얼마나 놀랐는지 효성태자는 지금 자신이 어떤 상황에 처해 있는지도 잠시 망각했다.

"낭자는 누구요?"

부옥령은 효성태자를 향해 당당하게 똑바로 서서 두 손을 허리에 얹었다.

"영웅문 좌호법이에요. 무림의 사람들은 나를 무정신수라고 불러요."

효성태자는 고개를 갸웃거렸다.

"들어본 적 없소. 그런 것 말고 이름이 있잖소?"

그는 무림에 대해서는 거의 문외한이라서 무정신수는커녕 전광신수도 들어본 적이 없을 것이다.

그는 이처럼 어리고 아름다운 소녀가 영웅문의 좌호법이라는 사실이 좀처럼 믿어지지 않았다.

그의 생각으로는 아름다운 여자들은 다들 규중심처에서 다소곳이 시를 짓고 그림이나 그리고 바느질이나 하고 있어야 어울리기 때문이다.

부옥령은 효성태자를 자주 봤었기 때문에 잘 알고 있다. 물론 사십이 세의 천군성 좌호법으로 말이다.

황궁과 성신도 두 가문 사이에서 활발하게 혼담이 오갔지만 설옥군이 정작 효성태자를 직접 본 것은 다섯 번이 채 되지 않았다.

하지만 부옥령은 효성태자를 스무 번 이상 직접 보고 만나서 대화를 나누었다.

왜냐하면 효성태자가 설옥군을 만나러 오면 부옥령부터 만나야만 하기 때문이다.

효성태자는 설옥군을 한 번 보고는 눈이 뒤집힐 정도로 반해서 그때부터 황궁이 있는 북경과 천군성이 있는 낙양 사이 사천여 리 길을 하루가 멀다 하고 오갔었다.

하지만 효성태자와는 반대로 설옥군은 그를 병적일 만큼 싫어했었다.

그녀는 딱히 효성태자를 싫어하는 것이 아니라 남자를 비롯하여 황궁, 혼인 같은 것들을 마뜩잖게 생각했었다.

그래서 설옥군은 효성태자와 만나는 것을 이런저런 핑계를 대고 번번이 거절했으며, 그는 부옥령 얼굴만 보고 쓸쓸하게 발길을 돌릴 수밖에 없었다.

그는 천군성이나 태악산 겨울 별장에 설옥군을 만나려고 부지런히 찾아갔지만 서너 번에 한 번꼴로 그녀를 겨우 만날 수가 있었다.

부옥령은 차분하게 말했다.

"내 이름은 옥령(玉玲)이에요."

효성태자는 고개를 끄떡였다.

"천하절색에 어울리는 예쁜 이름이오."

부옥령은 옥소에게 나가라는 손짓을 하고 탁자로 걸어가면서 말했다.

"앉아서 얘기해요."

세상천지에 최고의 미인이 얘기하자는데 싫어할 남자가 어디에 있겠는가.

두 사람은 탁자에 마주 앉았고 부옥령이 효성태자를 응시하면서 물었다.

"영웅문에는 왜 왔죠?"

효성태자는 조금 어이없는 표정을 지었다가 잠시 후에 엷은 미소를 지었다.

"낭자는 내가 누군지 모르오?"

그는 자신을 가두고 동천고수들을 제압하여 감금한 영웅문의 태도에 격분한 상태였지만 천하절색 미인 앞에서는 조금도 그런 티를 내지 않았다.

부옥령은 화사하게 웃었다.

"알아요. 태자님이시죠?"

효성태자는 조금 어이없다는 표정을 지었다.

"아는데 왜 그러는 것이오?"

"뭐가요?"

부옥령은 다 알면서도 시치미를 뗐다. 효성태자가 하는 말은 상대가 대명제국의 태자인데 어째서 예를 갖추지 않느냐는 뜻이다.

효성태자는 손으로 자신의 얼굴을 가리켰다.

"내가 태자인 것을 안다면서요?"

"그런데요?"

그는 자신의 입으로 이런 말까지 하는 것이 쑥스럽지만 그래도 해야겠다고 마음먹었다.

"대명제국의 백성이라면 태자인 내게 예의를 갖추어야 하는 것 아니오?"

부옥령의 입술 끝에 약간 어이없다는 미소가 걸렸다가 곧 사라졌다.

그걸 보고 효성태자는 불쾌한 표정을 지었다.

"왜 웃는 것이오?"

부옥령은 차분하게 말했다.

"태자께선 처음 본문에 오셔서 어떻게 했지요?"

"영웅문주를 만나러 왔다고 말했소."

"자신의 신분을 밝혔나요?"

"당연하오."

효성태자는 언행이 점점 당당해져 갔다. 형편없이 패해 감금당해 의기소침했다가 대명제국의 태자로 조금씩 깨어나기 시작했다.

부옥령은 태연하다 못해서 여유롭게 말했다.

"신분을 밝혔더니 뭐라던가요?"

효성태자는 매우 못마땅한 표정을 지었다.

"영웅문주라는 자가 나를 만나주지 않겠다면서 물러가라고 하더군. 오만하기 짝이 없는 자요."

부옥령은 고개를 가로저었다.

"그분은 오만하지 않아요."

"그럼 뭐요?"

"북경 자금성에서 황제를 보고 오만하다고 말하나요?"

효성태자는 눈살을 찌푸렸다.

"무슨 소리를 하는 것이오? 그분께선 대륙의 주인이시며 하늘의 아들 천자(天子)이시오. 그러므로 그분께서 하시는 행동은 다 옳은 것이지 오만이 아니오."

부옥령은 미소 지으며 말했다.

"그래요. 여긴 영웅문의 땅이고 이곳에서는 영웅문주께서 절대자예요."

"그렇다고 해도 여긴 대명제국······."

"설혹 대명제국이라고 해도 영웅문주의 땅에 들어오면 그분을 존중해야만 해요."

"그따위 말도 안 되는······."

부옥령의 얼굴에 살얼음처럼 위엄이 한 겹 깔렸다.

"여긴 영웅문이라는 무림의 제국이에요. 대명제국하고는 격이 사뭇 다른."

"……."

효성태자는 뒤통수를 한 대 얻어맞은 표정을 지었다가 곧 눈살을 잔뜩 찌푸렸다.

"영웅문이 반역을 꾀한다는 것인가?"

"하하하! 내 말을 이해하지 못했군요!"

부옥령은 고개를 젖히고 명랑한 웃음을 터뜨렸다.

"웃지 마라!"

효성태자는 버럭 노성을 질렀다.

부옥령은 담담하게 미소 짓는 얼굴로 조용히 말했다.

"주군께서 만나지 않겠다고 말씀하셨으면 태자께선 조용히 물러갔어야 해요."

"그게 무슨 소리인가?"

효성태자는 부옥령이 더 이상 아름답게만 보이지는 않았다.

"기껏 천군성 동천고수 백 명으로 망발을 부리다가 다 제압되어 이렇게 감금됐잖아요."

"음!"

"만약 이 상황에서 주군께서 모두 죽이라고 명하면 태자를 포함한 백 명의 천군성 동천고수들은 일 각 안에 모조리 죽게 될 거예요."

"무엇이?"

효성태자는 발작하듯 벌떡 일어섰다.

"다시 말하지만 여긴 영웅문이라는 무림의 제국이에요. 우린 천하의 어느 누구도 두려워하지 않아요."

효성태자는 부옥령을 쏘아보며 무섭게 말했다.

"그말은 대명제국의 황군도 두렵지 않다는 뜻이냐? 여길 공격한다고 해도?"

부옥령은 고개를 끄떡였다.

"공격해 보세요. 아마 그 전에 자금성이 괴멸되고 황제를 비롯한 수백 황족들 목이 잘리겠죠."

"……"

효성태자는 어? 하는 표정을 지으면서 아무 말도 못 하고 눈알만 굴렸다.

부옥령은 살짝 미소 지었다.

"우리 영웅문 고수들이 천군성 동천고수 백 명을 제압하는 광경을 봤겠죠?"

어젯밤에 효성태자가 우격다짐으로 영웅문을 뚫고 들어오려고 했을 때 영웅통위대 호위고수 이십 명이 그들과 싸워서 열 호흡 만에 모두 제압했었다.

그 광경을 똑똑하게 목격했던 효성태자는 아무 말도 하지 못하고 눈만 껌뻑거렸다.

영웅문의 고수 이십 명이 천군성에서도 최정예라는 동천고수 백 명을 불과 열 호흡 만에 모조리 제압했던 것이다.

부옥령은 조용히 타이르듯 말했다.

"내가 당신을 풀어주면 그냥 아무 말 하지 말고 북경으로 돌아가세요."

풀어준다는 말에도 효성태자는 얼굴을 잔뜩 찌푸린 채 침묵을 지켰다.

"영웅문이 못마땅해서 짓밟고 싶으면 황군을 보내도록 하세요. 한 백만 대군 정도는 보내야지만 얼추 싸움이 될 수 있을 거예요."

효성태자는 얼굴에 '이년이?' 하는 표정을 역력하게 떠올리고 그녀를 쏘아보았지만 아무 말도 하지 않았다.

부옥령은 손을 저으며 일어섰다.

"이제 당신은 가도록 하세요."

그녀는 '태자'라고 부르지도 않고 볼일 다 봤으면 그만 가라고 축객했다.

"천군성 놈들은 놔두고 당신 혼자 가세요. 저놈들은 우리가 천군성에 따지고 나서 죽이든지 살리든지 할 거예요."

부옥령이 할 말을 끝내고 문으로 걸어가자 효성태자는 이를 부드득 갈았다.

"내가 그냥 넘어갈 것 같으냐?"

"넘어가지 않으면?"

부옥령은 걸음을 멈추고 천천히 뒤돌아보고는 조용한 목소리로 말했다.

"지금 이 자리에서 분명하게 말해요. 대명제국의 이름을 걸고 본문을 공격할 건가요?"

효성태자는 이죽거렸다.

"왜, 겁나느냐?"

부옥령의 입가에 싸늘한 미소가 피어났다.

"대명제국이 본문을 공격하겠다는 의사가 분명하다면 우리
도 손을 써야겠지요."

"무슨 소리냐?"

부옥령의 싸늘한 미소가 짙어졌다.

"싸움은 적장을 치는 것이 최선이에요."

"……"

"황군이 절강성에 발을 들여놓기도 전에 황제를 비롯한 수
백 명의 황족들이 죽게 될 거예요. 당신 효성태자를 포함해서
말이지요."

"네 이년……."

픽!

"크악!"

효성태자는 부옥령을 노려보며 욕을 하다가 가슴에 강한 충
격을 받고 뒤로 붕 날아가서 벽에 부딪쳤다가 바닥에 볼썽사납
게 나뒹굴었다.

쿠당탕!

"끄으으……."

그는 바닥에 엎어진 채 숨을 쉴 수가 없어서 가슴을 쥐어뜯

으며 몸을 바들바들 떨었다.

그는 조금 전에 부옥령을 쳐다보고 있었는데 그녀가 움직이는 것을 보지 못했었다.

도대체 언제 무슨 수법으로 그의 가슴을 때렸다는 말인가.

아니, 그건 그렇다 치고 그는 이날 이때까지 누군가에게 맞아본 적이 한 번도 없었다.

더구나 겨우 십칠팔 세밖에 안 된 소녀가 그를 때릴 줄은 꿈에도 예상하지 못했다.

그는 세상에 이렇게 극심한 고통이 존재한다는 사실을 처음 깨달았다.

그는 호흡이 돌아오자 새빨개진 눈으로 부옥령을 노려보며 잡아먹을 듯이 으르렁거렸다.

"너 이년, 감히 나를……."

*　　　　*　　　　*

다음 순간 쓰러져 있던 효성태자의 몸이 스르르 허공으로 떠올랐다.

"끄으으……."

이번에도 부옥령은 손 하나 까딱하지 않고 묵묵히 그를 바라보기만 했다.

효성태자는 그냥 떠오르기 만한 것이 아니라 목이 조여지고 있었기에 숨을 쉬지 못했다.

"끄끄으… 사… 살려줘……."

바닥에서 다섯 자나 떠오른 효성태자는 두 손으로 자신의 목을 부여잡고 버둥거렸다. 얼굴은 피가 몰려서 핏빛으로 붉게 물들었다.

부옥령은 착 가라앉은 목소리로 말했다.

"우리 주군께선 한 번도 내게 욕을 하지 않았어요. 감히 당신 따위가 내게 욕을 하다니……."

숨을 전혀 쉴 수가 없으며 당장에라도 목뼈가 부러져서 죽을 것 같은 극도의 고통에 빠진 효성태자는 눈물 콧물을 흘리면서 애원했다.

"크으으… 자… 잘못했소… 제발… 살려주시오……."

그의 자존심과 권위는 고통 앞에서 너무도 무력했다.

부옥령은 효성태자가 대명제국의 태자로 보이지 않았다. 그녀의 눈에는 그저 짝사랑에 눈이 먼 앞뒤 분간할 줄 모르는 남정네로 보였다.

아니, 대명제국의 태자라고 해도 부옥령에겐 별다른 의미가 없었다.

부옥령이 예전 천군성 좌호법 시절에는 효성태자에게 더없이 깍듯하고 친절했으나 지금은 다르다.

그녀가 지상 최고의 권위로 인정하는 것은 영웅문이고 천하제일남자는 진천룡이라고 확신하기 때문이다. 즉, 가치관이 달라졌다는 얘기다.

부옥령이 지켜보는 가운데 효성태자의 조였던 목이 풀리고 그의 두 발이 천천히 바닥에 내려섰다.

"캐애액! 콜록! 콜록! 커어억!"

그는 털썩 주저앉더니 눈물 콧물을 흘리면서 마구 기침을 해대느라 정신이 없다.

기침이 잦아들자 부옥령이 그를 보면서 조용히 말했다.

"본문을 건드리지 않으면 본문도 대명제국을 건드리지 않을 거예요."

효성태자는 기침을 하도 한 탓에 새빨개진 두 눈에 눈물을 가득 담고 부옥령을 쳐다보기만 했다.

"시험해 보고 싶다면 대명제국의 모든 것을 걸고 한번 해봐도 괜찮아요."

효성태자는 착잡한 표정으로 부옥령을 바라보았다. 그는 태어나서 부옥령처럼 무서운 여자는 처음 보았다. 그녀가 천하절색의 미모를 지녔다고 감탄했던 최초의 생각 같은 것은 만 리 밖으로 달아나 버렸다.

그는 부옥령의 말을 절반 이상 믿었다. 대명제국이 황군을 일으켜서 공격하면 영웅문을 괴멸시킬 수도 있겠지만 그 전에 영웅문이 고수를 보내서 황제를 비롯한 황족들을 몰살시킬 것이라는 사실을 말이다.

부옥령이 손 하나 까딱하지 않고 그의 목을 조르고 허공으로 떠오르게 한 것만 봐도 그 말을 믿을 수가 있다.

"음……."

효성태자는 신음을 하면서 비틀거리며 일어섰다.

"하나만 묻겠소."

부옥령은 그가 무엇을 물으려는지 알고 있다. 그는 어디에선가 설옥군에 대해서 듣고 그녀를 찾으려고 영웅문에 찾아왔을 것이다.

그녀가 고개를 끄떡이자 효성태자가 진지한 얼굴로 물었다.

"혹시 천상옥녀가 이곳에 있소?"

"없어요."

효성태자의 말이 끝나자마자 부옥령이 즉답하는 것을 보고 그가 다시 물었다.

"천상옥녀가 누군지 아오?"

"알아요."

"누구요?"

"천군성주 아닌가요?"

"그렇소."

효성태자는 진실을 알아내려는 듯 부옥령을 뚫어지게 주시하며 말했다.

"천상옥녀가 이곳에 없다는 말이오?"

"영웅문에 천군성주가 있을 리가 없잖아요."

"음."

부옥령의 말이 틀리지 않다. 천군성주가 어째서 영웅문에 있겠는가.

그래서 효성태자는 부옥령을 뚫어지게 주시하면서 할 말을 고르느라 분주했다.

그것을 부옥령이 똑 잘랐다.

"이제 그만 가요."

그녀가 문으로 걸어가자 뒤에서 효성태자가 나직하게 중얼거렸다.

"그 목소리… 들은 적이 있소."

"……!"

부옥령은 흠칫했지만 돌아설 때는 차분한 얼굴을 되찾고 재미있다는 듯 물었다.

"내 목소리 말인가요?"

효성태자는 고개를 끄떡였다.

"그렇소. 나는 그대의 목소리를 예전에 들은 적이 있소. 그것도 자주 말이오."

그가 이 정도까지 말한다는 것을 보면 부옥령의 목소리를 말하는 것이 분명하다.

원래 얼굴 모습보다도 더 변하지 않는 것이 목소리다. 부옥령의 사십이 세 목소리에서 엄숙함과 노숙함을 제거하면 지금 목소리가 나올 것이다.

부옥령이 아무 말이 없자 효성태자가 말을 꺼냈다.

"부 좌호법, 왜 영웅문에 있는 것이오?"

"……!"

목소리를 들으니까 효성태자는 부옥령의 정체를 확신하고 있는 것이 분명했다.

부옥령은 조금 당황했지만 그녀가 누군가. 경험이라고 하면 둘째가라면 서러울 그녀다.

이럴 때는 놀라거나 당황해서는 안 되고 무조건 강하게 밀고 나가야 한다.

"무슨 헛소리를 하는 거죠?"

"지금 나는 그대가 천군성 좌호법인 흑봉검신 부옥령이라고 말하는 것이오."

부옥령은 꼿꼿한 자세로 얼굴 표정 하나 변하지 않은 채 조용히 말했다.

"나는 흑봉검신을 본 적은 없지만 소문은 익히 들어서 알고 있어요. 그녀는 사십 세가 넘었다고 하던데 당신 보기에 나는 몇 살로 보이죠?"

효성태자는 흐릿한 미소를 지었다.

"무림에는 매우 희귀하게 반로환동의 경지에 도달한 절대고수가 존재한다고 들었소. 반로환동이 무엇이오? 세월을 이기고 젊은 시절로 돌아가는 것이 아니오?"

부옥령은 속으로 뜨끔하지도 않았다. 그녀처럼 경험이 풍부한 사람은 한번 거짓말하기로 작정을 하면 자신이 꾸민 거짓말이 진실인 것처럼 연기를 할 수 있었다.

"하하하! 그래서 내가 반로환동의 경지에 이르러 젊어졌다는 얘긴가요?"

"그렇소."

효성태자는 차분하게 자신의 이론을 펼쳤다.

"그대의 목소리는 틀림없는 흑봉검신이오. 또한 그대의 겉모습은 십칠팔 세이지만, 언행은 세상의 경험이 풍부한 중년의 그것이오."

"이것 봐요."

부옥령은 제자를 가르치는 스승의 표정을 지었다.

"반로환동의 경지에 이르면 구름과 비를 부르고 천지조화를 일으킨다고 해요. 그 정도면 능히 천하제일인이라고 말할 수 있겠죠?"

"……."

"왜 대답을 못 하죠? 당금 무림에서 반로환동의 경지에 이르면 천하제일인인가요? 아닌가요?"

효성태자는 무공은 하수지만 무림에 대한 상식은 대단히 박식한 편이다. 그 박식함에 의하면 반로환동 정도에 이르면 천하제일인이든가 아니면 천하제일인의 자리를 놓고 절대고수들끼리 다툴 자격이 있다.

그런데 효성태자가 보기에 눈앞의 부옥령은 그 정도는 아닌 것 같다.

무위(武威)는 엄청난 것처럼 보이지만 그녀가 정말 반로환동의 경지에 올랐다면 영웅문에서 좌호법 지위에 만족하지는 않았을 거라는 얘기다.

만약 그렇다면 그녀의 상전인 영웅문주는 도대체 얼마나 고강하다는 말인가.

영웅문은 아직 검황천문이나 천군성에 비할 바가 못 된다. 그런 문파의 좌호법이 반로환동의 경지에 도달했다는 것은 억지라고 할 수 있다.

부옥령은 더 이상 왈가왈부하기 싫다는 듯 문을 나가면서 툭 던지듯이 말했다.

"쓸데없는 소리 하지 말고 가세요."

효성태자는 영웅문을 나와서 항주 성내를 향해 이 각쯤 걸어간 후에야 길가의 어느 주루에 들어갔다.

그가 이 층의 자리에 앉아서 요리를 주문하고서 반각쯤 지난 후에 한 사람이 이 층으로 올라오더니 그에게 다가와서 맞은편에 앉았다.

방갓을 눌러쓴 사내는 공손한 자세로 효성태자에게 말했다.

"어떻게 된 겁니까?"

효성태자는 이맛살을 찌푸렸다.

"보다시피 목숨만 겨우 부지한 채 쫓겨났다."

효성태자는 불쾌한 얼굴로 사내를 꾸짖었다.

"너는 잘 알지도 못하면서 날 이 꼴로 만들었구나."

"태자 전하, 그게 아닙니다."

"아니긴 뭐가 아니라는 거냐?"

"그녀가 뭐라고 했습니까?"

"누구 말이냐?"

"흑봉검신 말입니다."

이 사내가 천군성에 영웅문의 일을 알렸으며, 평소 황궁과 밀착되어 있는 태상군사가 효성태자에게 그 사실을 알려서 이곳으로 보냈던 것이다.

그래서 효성태자는 사실 처음부터 영웅문 좌호법이 천군성의 좌호법인 흑봉검신 부옥령이라는 사실을 알고 영웅문에 갔었는데 일이 이렇게 꼬여 버렸다.

효성태자는 있는 힘껏 눈살을 찌푸렸다.

"그녀는 흑봉검신이 아니다."

"아닙니다. 흑봉검신이 틀림없습니다."

"뭐라고 지껄이는 것이냐?"

효성태자는 화를 냈다.

"그녀는 그저 영웅문의 좌호법일 뿐이다. 그녀가 흑봉검신이 아니라는 걸 내가 직접 확인했다."

"어떻게 말입니까?"

사내는 물러서지 않았다. 왜냐하면 이 일에 자신의 모든 것을 걸었기 때문이다.

"이놈이? 아니라는데도 그러는구나!"

효성태자는 발끈해서 언성을 높였다.

더 이상 물러날 곳이 없는 사내는 마른침을 삼키고 나서 착 가라앉은 목소리로 말했다.

"좌호법님은 천군성 좌호법의 신분으로 직접 저에게 명령을 내리기도 했습니다."

"그랬다고?"

효성태자는 긴가민가하는 표정을 지었다.

"그렇습니다. 태자전하께서 좌호법님에게 당하신 겁니다. 그분이 마음만 먹으면 천하에서 몇 사람을 제외하곤 아무도 당해내지 못할 겁니다. 솔직히 태자전하께서 천하의 몇 사람에 낄 정도는 아니잖습니까?"

"음, 그건 그렇지."

효성태자는 선선히 인정했다.

"그렇다면 말이다. 그녀는 어째서 천군성 좌호법을 마다하고 이곳에서 영웅문 좌호법을 맡고 있는 것이냐? 영웅문이 제법 힘있는 신진세력이라고 해도 천군성에 비하면 조족지혈이 아니더냐?"

사내 정소천은 매우 신중하게 그리고 진지한 표정으로 자신의 의견을 말했다.

"세 가지 이유를 들 수 있습니다. 첫째, 현재 영웅문은 파죽지세의 무서운 기세로 팽창하고 있는 중입니다. 사람들은 영웅문이 장차 북성남천보다 더 거대해질지도 모른다고 입을 모으고 있는 실정입니다. 그래서 좌호법께서 여기에 남아 천하를 호령하고 싶은 것인지도 모릅니다."

효성태자는 고개를 끄떡였다.

"음… 일리가 있다."

"둘째, 영웅문에 계신 천군성주님을 보호하려는 이유였을 겁니다. 영웅문에는 분명히 천군성주님께서 계셨습니다. 제 눈으로 몇 번이나 직접 뵌 적이 있습니다."

"으음……!"

그 말을 믿고 영웅문에 찾아갔다가 낭패를 당한 효성태자는 입맛이 썼다.

"셋째, 좌호법님은 주군을, 아니, 영웅문주를 사랑하고 있을지도 모릅니다."

효성태자는 어이없는 표정을 지었다.

"영웅문주를 사랑해? 그녀가?"

"측근들이 쉬쉬하고 있지만 영웅문 내에서 알 만한 사람은 다 압니다. 성주님과 좌호법님이 주군을, 아니, 영웅문주를 사랑한다는 사실을요."

"허어……."

부옥령이 영웅문주를 사랑한다고 해도 말문이 막힐 일인데, 설옥군마저 영웅문주를 사랑한다는 말에 효성태자는 기가 막히고 코까지 막혔다.

"너, 그게 가당키나 한 일이라고 생각하는 것이냐?"

영웅문 내문오당 중에 청검당주인 정소천은 공손히 고개를 조아렸다.

"가당합니다."

"어째서냐?"

"성주님께선 기억을 잃으신 것 같았습니다."

"뭐어……."

　설옥군이 기억을 잃다니, 효성태자로서는 터럭만큼도 생각해 본 적이 없는 일이다.

　그런데 막상 듣고 보니까 가능한 일이다. 그게 아니라면 설옥군이 천군성을 떠나 거의 만여 리나 먼 이곳에서 태상문주 노릇을 하고 있을 리가 없다.

第百六十一章

효성태자의 집념

"군 매가 기억을 잃었다는 건가……."

효성태자는 골똘히 생각에 빠져 손가락으로 탁자를 두드리면서 나직하게 중얼거렸다.

그는 지난 일을 돌이켜 생각해 보았다. 정확히 일 년 이 개월 전의 일이다.

그 당시에 그는 낙양 천군성에 설옥군을 만나러 갔었다. 거기서 그녀가 태악산에 있는 성주의 겨울 별장으로 한동안 쉬러 갔다는 말을 들었다.

그래서 그는 잠시 쉬지도 않고 그 즉시 산서성 태악산으로 향했다.

태악산 겨울 별장에서 그는 부옥령에게 설옥군을 만나러 왔다고 말했다.

부옥령은 설옥군이 지금 온천욕을 하고 있는 중이라면서 그를 잠시 기다리게 하고는 설옥군에게 그의 방문을 알리러 온천탕으로 갔었다.

그는 설옥군이 만나주기를 간절하게 기도하면서 휴게실에서 차를 마시며 기다리고 있었다.

그런데 바로 그때 산 위에서 천지개벽하는 듯한 엄청난 폭음이 터졌다.

쿠콰콰콰아아앙!

그러더니 거대한 바위들이 소나기처럼 쏟아져 내려 전각들을 짓이기며 박살 냈다.

그는 폭음에 놀라서 전각 밖으로 나왔다가 쏟아지는 바위들을 보고 놀라서 급히 근처의 움푹한 구덩이를 찾아서 몸을 숨긴 덕분에 겨우 위기를 넘겼다.

불과 반각 만에 모든 것이 잠잠해졌고, 그는 제발 설옥군이 무사하기를 빌면서 위로 올라가 보았다.

그렇지만 그곳에서 그가 본 것은 완전히 아수라장으로 변한 온천탕과 주변 전각들의 모습이었다.

온천탕에는 흙탕물이 가득했으며 뜨거운 온천수가 밖으로 콸콸 뿜어져 나오고 있었다.

그리고 그 온천탕 안에서 부옥령이 미친 사람처럼 목이 터져라 설옥군을 부르면서 첨벙거리면서 뛰어다니고 있었다.

그가 놀라서 물어보니까 부옥령의 말인즉 설옥군이 온천욕을 하던 중에 갑자기 온천탕 한복판에서 대폭발이 발생했다는 것이다.

온천탕은 온통 흙탕물인 데다 쇠를 녹일 듯이 펄펄 끓고 있는데도 부옥령은 물속을 이리저리 더듬으면서 설옥군을 찾아다니며 울부짖고 있었다.

그가 같이 찾겠다고 하자 부옥령은 대답할 겨를도 없이 또다시 온천탕 속으로 잠수했다.

다급해진 그는 온천탕에 직접 들어가려고 발을 담갔다가 혼절할 정도로 놀랐다.

가마솥에서 펄펄 끓는 물처럼 무지하게 뜨거웠기 때문이었다. 그는 하마터면 발이 익을 뻔했다.

온천탕의 흙탕물이 가라앉은 후에 보니까 온천탕 안쪽에 커다란 수중 동굴이 생겨 있었다.

부옥령이 추호의 망설임도 없이 수중 동굴 안으로 들어갔다. 그리고 반시진 후에 나와서 말하기를, 수중 동굴 안쪽으로 오백여 장쯤 깊이 내려가보니 더 이상 길이 없이 막혀 있다고 했다.

부옥령은 설옥군이 수중 동굴 안으로 빨려 들어간 것으로 결론을 내리고는 그 자리에 주저앉았다.

부옥령이 수하들을 이끌고 근처를 이 잡듯이 수색했으나 끝내 설옥군을 발견하지 못했기에 그런 결론을 내린 것이다.

그날 이후 부옥령은 설옥군의 실종 사실을 천군성의 태상군 사와 우호법에게만 알리고 자신은 심복 수하들을 이끌고 천하를 주유하면서 설옥군을 찾아 헤매었다.

그렇게 일 년 하고도 두 달이라는 세월이 흘러 지금에 이른 것이다.

효성태자가 알고 있는 설옥군이 실종된 사건의 내용은 그랬다.

그런데 그 사건을 떠올리며 방금 정소천의 말을 듣고 보니까 꽤나 설득력이 있는 얘기다.

그러다가 문득 어떤 사실에 생각이 미치자 효성태자는 고개를 절레절레 가로저었다.

"틀렸다."

정소천은 그가 무슨 말을 하든지 다 설명할 수 있다는 듯한 자신 있는 표정을 지었다.

"뭐가 틀렸습니까?"

효성태자는 씁쓸한 표정을 지었다.

"영웅문 좌호법은 그냥 무정신수일 뿐이야. 그녀는 천군성 좌호법 부옥령이 아니라는 말이다."

"어째서 그렇게 생각하십니까?"

"그녀는 단지 십칠팔 세 소녀일 뿐이다. 만약 그녀가 흑봉검 신이라면 반로환동의 경지에 도달했다는 것인데 그건 천하제 일인 수준이다. 그게 가능하다는 것이냐?"

정소천은 진지한 표정으로 고개를 숙였다.

"좌호법 각하께서 반로환동의 경지에 도달했다는 사실은 영웅문 간부급이라면 다 알고 있습니다."

"뭐어?"

효성태자는 어이없는 표정을 지었다.

"그… 게 정말이냐?"

"태자 전하 앞에서 소인이 어찌 거짓말을 하겠습니까?"

"으음……!"

"지난번 남창 조양문에서 검황천문의 태문주인 절대검황 동방장천의 사모 요천여황 자염빙을 죽인 사람이 바로 좌호법 각하였습니다."

"그래?"

무림의 상식이나 지식에 대해서는 빠삭한 효성태자는 크게 놀랐다.

"자염빙은 요천사계의 절대자였습니다. 좌호법 각하께서 예전 천군성 수준이었다면 어떻게 요천여황을 죽일 수 있었겠습니까?"

효성태자는 눈을 빛내며 요것 봐라? 하는 표정을 지었다.

"부옥령이 날 속였군."

부옥령이 반로환동 경지에 도달했다는 사실을 영웅문의 간부급들이 다 알고 있는 공공연한 비밀이라면 정소천이 거짓말을 할 리가 없다.

"태자 전하께서 영웅문으로 쳐들어가시기 전에 저를 먼저 만나셨어야 했습니다."

정소천은 공손한 목소리로 효성태자를 꾸짖었다.

이제 효성태자로서는 전적으로 정소천에게 매달릴 수밖에 없는 형국이 되었다.

"이제 어떻게 해야 할까? 방법이 없나?"

"무엇을 원하십니까?"

"천상옥녀 군 매가 지금 영웅문에 있는지 알고 싶다."

"제가 알아보겠습니다."

"그리고 부옥령을 만나야겠다."

"만나지 않으시는 것이 좋겠습니다."

"어째서?"

정소천은 진지하게 말했다.

"좌호법 각하는 반로환동의 경지에 오르셨으며 영웅문주 역시 거의 비슷한 수준입니다. 그분들을 건드려서 좋을 게 하나도 없습니다."

효성태자는 문득 부옥령이 했던 협박 같은 말이 생각나서 정소천에게 넌지시 물었다.

"만에 하나 말이다. 부옥령이 마음을 먹는다면 황제폐하를 암살할 수 있겠느냐?"

정소천은 움찔 놀랐다.

"황제폐하를 말씀입니까?"

"그래."

정소천은 공손한 자세를 취하더니 포권을 하면서 대답했다.

"외람된 말씀이지만, 좌호법 각하께서 그렇게 결심하신다면 가능하다고 봅니다."

효성태자는 적잖이 놀랐다.

"가능하다고? 어째서 그렇지?"

정소천은 생각하지 않고 즉답했다.

"왜냐하면 자금성은 절대로 좌호법 각하를 막지 못할 것이기 때문입니다."

"자금성에는 십만 황군과 오천 명의 황궁무사, 그리고 천 명의 황궁고수, 게다가 동창과 서창이 있다. 제아무리 부옥령이 고강하다고 해도 혼자 그들을 뚫고 황제폐하를 암살하는 것이 가능하다는 말이냐?"

정소천은 칭얼거리는 아이를 달래는 듯한 표정을 살짝 지었다가 고개를 절레절레 가로저었다.

"과연 자금성의 힘은 어마어마합니다. 하지만 어째서 힘들여 그들을 뚫어야 하는 겁니까?"

"어째서라니?"

정소천은 손가락 하나를 세웠다.

"좌호법 각하라면 눈 깜빡할 새에 황제폐하 앞에 귀신처럼 나타날 수 있는데 어째서 일부러 십만황군과 황궁무사, 황궁고수들을 뚫어야 하는 겁니까? 태자전하께선 높은 담을 가볍게 날아서 넘을 재주가 있으신데도 일부러 망치로 담을 부수실 겁니까?"

효성태자의 얼굴이 일그러졌다.

"그… 런 뜻이냐?"

"그렇습니다. 아무도 좌호법 각하를 막지 못하고, 좌호법 각하께서 마음만 먹으시면 죽이지 못할 사람은 천하를 통틀어서 다섯 손가락 안에 꼽힐 것입니다. 물론 그 다섯 사람 안에 황제폐하는 계시지 않습니다."

"음……."

"그런데 좌호법 각하와 비슷한 수준의 절대고수가 두 분 더 계십니다. 영웅문주와 태상문주이시죠."

"태상문주라는 것은 천상옥녀 군 매를 말하는 것이냐?"

정소천은 고개를 끄떡였다.

"그렇습니다."

"군 매도 예전보다 고강해졌다는 얘기냐?"

"그렇습니다."

"군 매도 반로환동이라는 것이냐?"

정소천은 고개를 끄떡였다.

"그럴 겁니다."

예전에 정소천은 설옥군이 천군성주인 천상옥녀라는 사실을 몰랐었다.

그러나 이곳의 상황을 천군성에 보고하는 과정에서 그 사실을 알게 되었다.

효성태자는 스치는 생각이 있어서 또 물었다.

"그렇다면 영웅문주도 반로환동이냐?"

"아마도 그럴 겁니다."

"맙소사……"

효성태자는 믿을 수 없다는 표정을 지었다.

"어떻게 그럴 수 있는 거지? 한 문파에 한 명도 아니고 세 명씩이나 반로환동의 경지에 오르다니……"

정소천은 진지하게 말했다.

"영웅문주의 최측근들은 비록 반로환동의 경지에 이르지는 못했으나 거의 비슷한 수준에 도달한 상태입니다. 대부분 공력이 삼백 년 이상이며 사백 년 가까이 이른 인물들도 여러 명 있습니다."

"그럴 수가……"

"예를 들자면 영웅통위대 백오십여 명은 평균 공력이 이백오십 년 수준입니다."

"맙소사……"

효성태자는 벌린 입을 다물지 못했다.

정소천은 차분한 표정으로 말했다.

"그것은 영웅문주가 믿을 수 없는 놀라운 능력을 갖고 있기 때문입니다."

"놀라운 능력? 그게 뭐냐?"

"자세한 것은 모릅니다만… 영웅문주가 태상문주와 좌호법 님을 비롯하여 측근 모두의 임독양맥을 소통해 주고 벌모세수와 환골탈태까지 시켜주었습니다."

효성태자는 멍한 표정을 지었다가 눈살을 찌푸렸다.

"너, 그게 말이 되는 얘기라고 생각하는 것이냐?"

정소천은 공손히 고개를 조아렸다.

"저도 말이 안 된다는 걸 알지만 사실입니다. 영웅문주는 틈만 나면 수하들의 임독양맥을 소통시켜 주고 있습니다. 마치 취미인 것처럼 말입니다."

효성태자는 정소천이 방금 전에 영웅문주에게 놀라운 능력이 있다는 말을 한 것을 기억해 냈다.

"영웅문주가 놀라운 능력을 갖고 있다는 것이 관건이로군. 그것이 그걸 가능하게 만들었을 거야."

"그럴 겁니다."

정소천은 효성태자의 추측을 뒷받침할 만한 내용을 한 가지 더 말해주었다.

"영웅문주는 다 죽어가는 사람도 손만 대면 살려냅니다. 장기가 터지고 내장이 흘러나온 극심한 중상자라고 해도 그는 일 각 만에 멀쩡하게 살려냅니다."

"그런 말도 안 되는……."

효성태자는 그렇게 말을 했다가 곧 자신이 실언을 했다는 것을 깨달았다.

사실 이곳에서 그가 겪고 있는 모든 일들이 처음부터 말도 안 되는 것투성이였다.

산서성 태악산 천상옥녀의 겨울 별장에서 만여 리 이상 떨어진 이곳 항주에 설옥군이 버젓이 살아 있다는 것부터 믿을 수 없는 사실이었다.

그런데 이제 와서 믿을 수 없는 일이 몇 개 더 보태진다고 해서 무엇이 이상한 일이겠는가. 이미 머리는 불가해한 것들로 가득 차 있는데 말이다.

효성태자는 지금 자신에게 벌어지고 있는 일들을 그냥 있는 그대로 받아들이기로 했다. 그럴 수밖에 없는 상황이다.

왜냐하면 이 말도 안 되는 사실들을 믿지 않는다고 하면 그만 얘기를 끝내고 자리를 털고 일어나서 북경으로 돌아가야만 하기 때문이다.

정소천은 효성태자를 보면서 말을 이었다.

"영웅문주는 자신의 최측근 십여 명을 비롯하여 간부급 오십여 명, 그리고 영웅통위대 백여 명 전원의 임독양맥을 소통해 주고 벌모세수와 환골탈태를 시켜주었습니다."

"그런 말도 안 되는……."

효성태자는 방금 전에 자신에게 일어나는 이 어이없는 일들을 일단 믿기로 하자고 해놓고는 정소천의 말을 듣자마자 또 말도 안 된다고 중얼거렸다.

영웅문주가 자신의 최측근 몇 명뿐만이 아니라 무려 백육십여 명의 임독양맥을 소통해 주고 벌모세수와 환골탈태를 해주었다는 말을 들으면 누구라도 '말도 안 된다'라는 말부터 튀어

나올 것이다.

$$* \qquad * \qquad *$$

대화를 끝내고 일어나기 전에 효성태자는 다시 한번 당부했다.

"군 매를 확인하면 즉시 내게 알려라. 나는 항주 성내에 묵고 있겠다."

"잘 알겠습니다."

"그렇게만 해준다면 너에게 큰 상을 내리겠다."

정소천은 깜짝 놀라 두 손을 저었다.

"천만의 말씀이십니다. 저는 단지 태상군사님의 명에 따를 뿐입니다."

효성태자는 고개를 끄떡였다.

"알았다. 태상군사에게 너에게 포상을 주라고 해두마."

정소천은 굽실 허리를 굽혔다.

"감사합니다."

효성태자는 정소천의 어깨를 두드려 주고 주루 밖으로 나와서 거리를 따라 걸어갔다.

정소천은 먼발치에서 효성태자를 바라보다가 그가 사람들 속으로 사라지는 것을 보고 영웅문 방향으로 걸음을 옮기기 시작했다.

정소천은 콧노래가 나오려는 것을 참으면서 발걸음도 가볍게 걸었다.

그는 천군성의 제이인자인 태상군사가 최하급 중에서도 최하급인 자신을 콕 찍어서 효성태자를 적극적으로 도와주라는 서찰을 보냈을 때부터 기분이 몹시 좋았었다.

정소천은 영웅문 내문오당 중에서 청검당의 당주이지만 실제로는 천군성 천외오전(天外五殿) 사해광전(四海廣殿) 휘하 절강지부주(浙江支部主)다.

그는 일전에 영웅문에서 부옥령을 잠시 도운 적이 있지만 그렇다고 해서 그녀의 심복 수하가 아니다.

그는 그저 천군성의 성외 세력인 천외오전 중에 사해광전 소속 절강지부주일 뿐이다.

항주 십이소방파 중에 하나인 청검문의 문주였다가 부옥령의 명령에 의해서 자연스럽게 영웅문 휘하로 들어가 내문오당 청검당 당주가 되었다.

정소천은 천군성을 배신하려는 생각은 눈곱만큼도 없다. 오히려 뼛속까지 천군성에 대한 충성심으로 가득 찬 인물이다.

주위를 살피면서 걸어가고 있는 정소천 멀찍이 뒤에서 한 사람이 따라오고 있다.

가녀린 체구에 백옥처럼 흰 살결, 긴 속눈썹에 검고 짙은 눈매가 우수에 젖은 듯한 미모의 소유자는 다름 아닌 은조다.

그녀는 부옥령의 명령을 받고 효성태자를 미행하여 그가 주루에서 정소천을 만나 나눈 대화를 처음부터 끝까지 다 들었다.

정소천은 이십여 장 뒤에서 자신을 따라오고 있는 은조의 존재를 까맣게 모른 채 건들건들 걸어가고 있다.

영웅통위대 호위고수가 제압된 천군성 동천 부천주 곤척산을 다른 방으로 데려갔다.

곤척산은 자신을 어째서 혼자 따로 데리고 왔는지 짐작하고 있기에 바짝 긴장한 얼굴로 문을 주시했다.

그는 마혈이 제압됐지만 조금 전에 이곳으로 옮겨질 때 호위고수가 아혈을 풀어주었으므로 말은 할 수 있다.

그는 잠시 후에 굳게 닫힌 문이 열리고 누가 들어올지 짐작하고 있다.

척!

"헉!"

그때 문이 벌컥 열리자 그는 낮게 헛바람을 들이켰다.

열린 문으로 들어선 사람은 그가 예상했던 대로 부옥령이기 때문이다.

곤척산은 부옥령을 보더니 갑자기 격동한 표정으로 눈물을 왈칵 쏟았다.

"가… 각하……!"

부옥령은 그에게 다가가며 흐릿하게 웃었다.

"이제 나를 알아보겠느냐?"

"아… 아까… 목소리를 듣고 곰곰이 생각하다가 각하께서
나가신 후에 깨달았습니다……."

"멍청한 놈."

부옥령은 목소리만으로 자신을 알아본 곤척산이 기특하면
서도 꾸짖었다.

그렇다고 해서 그 꾸짖음의 깊은 의도를 모를 곤척산이 아
니다.

예전부터 부옥령은 꾸짖는 것이 칭찬하는 것이었다. 그녀의
심복일수록 그런 사실을 잘 알고 있다.

그녀가 정말로 꾸짖을 때에는 그냥 말로만 하지는 않는다.
주먹이든 장풍이든 상대가 어디 한 군데 부러져야 그게 진짜
꾸짖는 것이다.

부옥령이 탁자 앞의 의자에 앉을 때 곤척산은 자신의 마혈
이 풀린 것을 깨달았다.

물론 부옥령은 일절 손을 쓰지 않고 의자에 앉기만 했다. 그
래서 곤척산은 그녀가 예전에 비해 많이 고강해졌다는 사실을
알게 되었다.

곤척산은 즉시 일어났다가 부옥령을 향해 무릎을 꿇고 군신
지례를 취했다.

"좌호법 각하를 뵈옵니다."

"일어나라."

곤척산은 일어났지만 부옥령에게 아무것도 묻지 않고 시립

하듯이 서 있을 뿐이다.

궁금한 것이 없어서가 아니라 그녀가 설명해 줄 때까지 기다리는 것이다.

만약 부옥령이 아무것도 설명해 주지 않는다면 그건 그대로 괜찮다.

심복 수하라는 것은 궁금해도 참고 상전의 명령에만 따르면 되기 때문이다.

부옥령은 곤척산을 보며 다 알고 있다는 듯한 표정을 지으며 물었다.

"하명웅(河明雄)이 너희를 보냈느냐?"

"그렇습니다."

하명웅은 천군성 제 이인자인 태상군사의 이름이다.

부옥령은 고개를 끄떡이며 말했다.

"하명웅은 이곳 영웅문에 성주께서 계시다는 사실을 알고 있었구나."

곤척산은 공손히 대답했다.

"그것까지는 모르겠습니다."

동천 부천주인 곤척산의 지위라면 모르는 게 당연하다.

그렇지만 효성태자를 영웅문으로 보낸 사람이 하명웅이라면 짐작하건대 여기에 설옥군이 있다는 사실을 그가 알고 있었다는 뜻이다.

'정소천이로군.'

부옥령은 그 사실을 하명웅에게 알린 사람이 영웅문 내문오당의 청검당 당주 정소천일 것이라고 확신했다.

곤척산이 조심스럽게 물었다.

"저희들은 어찌 되는 겁니까?"

"어떻게 할 것 같으냐?"

곤척산은 머리가 빈 사람이 아니다. 그는 감금되어 있는 동안 자신들의 처지에 대해서 골백번도 더 생각했었다.

무림에서 지금 같은 상황이라면 둘 중 하나다. 무공을 폐지하고 살려주든가 아니면 모두 죽인다.

남의 문파에 무력으로 침입하려다가 제압당했으므로 당연한 결과다.

곤척산은 애써 웃어 보였다.

"죽이지는 않으시겠죠?"

부옥령이 설마 수하인 자신들을 죽이기야 하겠는가 하는 생각이다.

부옥령은 원래 수하들하고 일절 농담을 하지 않는 것으로 유명하다.

"너희들을 살려서 천군성으로 돌려보낸다면 하명웅이 뭐라고 생각하겠느냐?"

무림에서 침입자를 고스란히 살려서 돌려보낸 전례가 없다. 설사 소림사나 무당파 같은 명문대파라고 해도 징계를 내리면 내렸지 그냥 돌려보내지는 않는다.

그러므로 천군성 동천고수들을 고스란히 살려서 보낸다면 영웅문이 무슨 음모를 꾸몄을지도 모른다고 하명웅이 의심할 것이다.

곤척산은 씁쓸한 표정을 지었다.

"돌아가지 못하겠군요."

"두 가지 방법이 있다."

곤척산은 귀가 솔깃했다.

"무엇입니까?"

"첫 번째는 너를 포함한 백 명이 무림계에서 은퇴를 하는 방법이다."

곤척산은 화들짝 놀랐다.

"그건 안 됩니다."

"둘째는 영웅문 수하가 되는 것이다."

"그… 게 가능합니까?"

"그걸 내게 묻는 것이냐?"

곤척산은 찔끔했다.

"죄송합니다."

부옥령은 가능하지 않은 일은 입 밖에 꺼내지 않는다는 사실을 곤척산이 깜짝 잊고 있었다.

곤척산은 조심스럽게 물었다.

"언제까지 영웅문 수하로 있어야 하는 겁니까?"

"죽을 때까지."

"그렇게까지……."

곤척산은 움찔 놀라면서 말끝을 흐렸다가 더욱 조심스러운 표정으로 물었다.

"좌호법 각하께선 천군성에 돌아가지 않으실 겁니까?"

부옥령은 담담한 얼굴로 고개를 끄떡였다.

"그럴 생각이다."

"아……."

곤척산은 예상하지 못했던 말에 크게 놀라서 입을 벌렸지만 아무 말도 하지 못했다.

부옥령은 큰 결심을 했다. 그녀는 천군성에 돌아가지 않을 생각이다.

사실 천군성에는 그녀가 꼭 필요한 존재는 아니다. 설옥군 옆에 그녀가 있으면 좋겠지만 없어도 상관이 없다.

그렇지만 신생 문파로 성장하고 있는 영웅문에는 부옥령이 반드시 필요하다.

그녀가 보기에 영웅문은 강남은 물론이고 장차 천하 무림을 놓고 천군성하고도 어깨를 나란히 할 것 같다.

그렇게 성장하려면 영웅문에는 부옥령의 경험과 두뇌가 꼭 필요하다.

그리고 무엇보다도 진천룡에게 그녀가 필요하다. 설옥군이 없는 상황에 부옥령마저 떠난다면 모르긴 해도 진천룡은 좌절하고 말 것이다.

하지만 진천룡을 떠날 수 없는 가장 큰 이유는 부옥령이 그를 떠나서는 살 수 없는 몸이 됐기 때문이다.

지금의 부옥령은 진천룡을 목숨보다 백배는 더 사랑하게 되었으므로 그의 곁을 떠나라는 말은 그녀에게 죽으라고 하는 것이나 같다.

부옥령은 곤척산에게 차분하게 말했다.

"네 수하들을 설득할 수 있겠느냐?"

곤척산은 잠시 생각하다가 고개를 끄떡였다.

"현재로선 그럴 수밖에 없는 상황이므로 제 말을 알아들을 겁니다."

그는 매우 조심스럽게 말했다.

"그렇지만 좌호법 각하께서 그들에게 한마디 해주시면 훨씬 효과적일 겁니다."

"알았다."

부옥령은 곤척산의 얼굴이 어두운 것을 보고 왜 그러는지 짐작했다.

"엽(燁)아는 많이 컸느냐?"

"아……!"

곤척산은 놀라서 눈을 커다랗게 떴다. 곤엽(坤燁)은 그의 아들이기 때문이다.

"속하의 아들을 기억하고 계셨습니까?"

"이놈이 뭐라는 것이냐? 네 마누라 이름이 손염(孫艶)이라는 것도 알고 있다."

"죄… 송합니다."

곤척산은 얼른 고개를 숙이고 사과하는데 감동하여 가슴이
크게 울렁거렸다.

부옥령이 한 가지 방법을 제안했다.

"이렇게 하자."

그녀는 조금 전에 곤척산의 얼굴이 왜 어두웠는지 이유를
알고 있다.

곤척산만이 아니라 다른 수하 구십구 명도 똑같은 이유를
안고 있을 것이다.

바로 가족들이 모두 천군성이 있는 낙양에 살고 있기 때문
에 그들을 염려하는 것이다.

"말씀하십시오."

"천군성은 사망한 수하의 가족에 대해 지위에 따라서 조의
금을 차등 지급 하는 것으로 일단락을 짓는다. 그것으로 더
이상 관심을 두지 않는다는 것이지."

"알고 있습니다."

"영웅문에서 너희들을 죽인 것으로 소문을 낸 후에 반년쯤
지나서 가족들을 하나둘씩 데려오는 것으로 하자."

"그, 그게 가능합니까?"

"가능하지."

부옥령은 엷은 미소를 지으며 말했다.

"영웅문에는 예전에 검황천문 고수였던 자들이 수백 명이나 있는데 그들은 모두 가족들을 데려와서 여기에서 함께 잘 살고 있다."

"가족들을 다 데려온 겁니까?"

"그렇지."

"아아……."

곤척산은 크게 감탄했다.

그때 문 밖에서 여자의 목소리가 들렸다.

"은조입니다."

"들어와라."

부옥령은 은조가 돌아오면 이곳으로 오라고 영웅통위대 호위고수에게 명령했었다.

척!

은조가 들어와서 공손히 허리를 굽혔다.

"어찌 됐느냐?"

"효성태자가 성내 주루에서 정소천을 만났습니다."

부옥령은 고개를 끄떡였다.

"그럴 줄 알았다. 둘이 대화를 나누었느냐?"

"그렇습니다."

"무슨 얘기를 했지?"

은조가 곤척산을 힐끗 쳐다보자 부옥령이 말했다.

"말해도 괜찮다."

부옥령의 말에 곤척산은 크게 감동했다. 수하로서 가장 기쁠 때가 상전에게 굳은 신임을 받고 있을 때다.

은조는 효성태자와 정소천이 나눈 대화 내용을 간략하게 설명해 주었다.

설명을 끝낸 후에 은조는 공손히 고개를 숙였다.

"정소천을 어떻게 할까요?"

"내버려 둬라."

"알겠습니다."

"너, 나가서 주군께서 어디에 계시는지 알아 와라."

부옥령은 곤척산을 데리고 영웅사문으로 향했다. 진천룡이 집으로 갔다는 말을 들었기 때문이다.

곤척산은 하나의 문을 통과하자 나타난 새로운 광경에 눈이 휘둥그레졌다.

"여기가 어딥니까?"

第百六十二章

죽음에 이르는 병

곤척산 눈앞에는 거대한 번화가가 펼쳐져 있었다.

"제가 항주 성내에 들어온 겁니까?"

그는 어리둥절하며 주변을 두리번거렸다. 농담하는 게 아니라 정말 몰라서 그런다. 그렇게 착각할 정도로 그 곳은 항주 성내처럼 번화해 있었다.

부옥령은 성내 거리보다 폭이 넓은 거리를 천천히 걸어가면서 말했다.

"영웅사문이다. 영웅문주를 비롯한 간부급들과 전 수하들의 가족들이 사는 마을이다."

"어떻게 그런……."

곤척산은 이해할 수 없다는 표정이다.

그가 보니까 거리 양쪽으로 이 층 삼 층짜리 건물들이 처마를 맞댄 채 끝없이 길게 늘어서 있다.

그뿐이 아니라 그리 크지 않은 강과 운하들이 거미줄처럼 연결되어 있으며 각양각색의 다리 십여 개가 놓여 있고 크고 작은 배들이 한가롭지만 질서 정연하게 오가고 있다.

거리를 오가는 많은 사람들은 거의 가족들인데 하나같이 좋은 옷을 입고 있으며 얼굴에는 웃음꽃이 넘쳤고 즐겁게 웃고 떠드는 소리가 거리를 가득 메웠다.

그들은 걱정거리라곤 하나도 없는 사람 같았다. 천외천 세상 밖에 있다는 무릉도원이 바로 여기처럼 보였다.

행인들이 부옥령을 발견하더니 걸음을 멈추고 모두 공손히 허리를 굽히며 예를 취했다.

"소저를 뵈옵니다!"

"오랜만에 뵈어요!"

"어머! 소저께선 더 예뻐지셨어요!"

행인들의 인사에는 공통점이 몇 개 있는데, 진심으로 반가워한다는 것이고, 가까운 사이처럼 격의가 없고, 조금도 무서워하지 않았다.

곤척산은 과연 행인들의 저런 엉망진창 형편없는 인사를 받은 부옥령이 어떻게 반응할지 궁금했다.

부옥령은 행인들을 둘러보면서 환한 미소를 지었다.

"다들 식사했어요?"

행인들이 앞다퉈서 지금 밥 먹으러 간다든지 조금 이따가 남편 퇴근하고 돌아오면 같이 먹을 거라든지 와르르 시끌벅적 대답을 했다.

어느 여인네가 부옥령에게 저녁 식사 했냐고 스스럼없이 물으니까 그녀는 생글생글 미소 지으며 말했다.

"주군과 먹으려고 용림재로 가는 중이에요."

행인들이 손을 흔들면서 한마디씩 했다.

"주군께 안부 전해주세요!"

"소저! 주군 모시고 저희 집에 언제 한번 와주세요! 식사와 술을 대접하고 싶어요!"

부옥령은 고개를 끄떡이다가 행인들 중에 누군가를 발견하고 가볍게 놀랐다.

"이게 누구야? 도혜 아냐?"

행인들 속에서 한 여인이 걸어 나와 부옥령에게 공손히 고개를 숙였다.

"오랜만이에요, 좌호법님."

부옥령은 여인의 손을 잡았다.

"요즘 뭐 하는데 통 보이지 않는 거야?"

곤척산은 부옥령이 누군가의 손을 잡고 인사를 하는 것을 한 번도 본 적이 없어서 몹시 생소했다.

여인은 예전에 남경제일미로 불렸던 절색의 미인이다. 삼십이 세의 나이인데도 이십 대 초반처럼 영기발랄하고 청순한 미모의 소유자다.

여인 동방도혜는 수줍게 미소 지었다.

"집에만 있어요."

부옥령은 가볍게 놀랐다.

"왜? 어디 아파?"

"아니에요. 집에 있는 게 편해서요."

부옥령은 진지하게 물었다.

"무슨 일 있는 거야? 나한테 얘기해 봐."

"별일 없어요."

부옥령은 동방도혜의 손을 잡아끌었다.

"그게 아니라 나하고 같이 가자."

"어… 딜요?"

동방도혜는 가볍게 당황했으나 부옥령의 손을 뿌리치지는 않았다.

진천룡은 용림재 이 층 설옥군의 방에 혼자 앉아서 우두커니 창밖을 바라보고 있었다.

그는 부옥령 등이 방에 들어왔는데도 모르고 창밖만 바라보고 있을 뿐이다.

그는 멍한 표정을 짓고 있지만 부옥령은 알고 있다. 그의 몸을 손가락으로 살짝 건드리기만 해도 온몸에서 슬픔과 그리움의 눈물이 파도처럼 터져 나올 것이라는 사실을.

부옥령은 이날까지 살아오면서 누군가를 애타게 그리워해 본 적이 한 번도 없었다.

작년 어느 날, 갑자기 설옥군이 실종됐을 때에도 부옥령은 그녀가 그립기보다는 걱정을 했었다.

그리움과 걱정은 근본적으로 다르다. 그리움 속에 걱정을 비롯한 여러 가지가 뒤섞여 있지만, 걱정 속에는 그리움이 들어 있지 않다.

부옥령은 진천룡이 설옥군의 실종에 얼마나 큰 충격을 받았는지, 그리고 그녀가 사라진 이후 얼마나 그녀를 그리워하는지 알게 되었다.

만약 어느 날 갑자기 진천룡이 사라진다면 부옥령도 저런 모습이 될 것이다.

부옥령은 평소 같았으면 진천룡에게 다가가서 어깨에 팔을 두르든지 옆에 앉아서 말없이 어깨에 고개라도 기대어 위로해 줄 텐데 지금은 그럴 수가 없다.

곤척산은 한 번도 영웅문주를 본 적이 없기에 유심히 그를 살펴보았다.

하지만 매우 준수하고 체구가 당당하다는 사실 말고 특별한 점을 발견하지 못했다.

부옥령은 진천룡의 몇 걸음 앞에서 멈추고 공손히 허리를 굽혔다.

"주군, 저예요."

그런데도 진천룡은 듣지 못한 듯 미동도 없이 창밖을 응시하고 있다.

부옥령은 할 수 없이 그의 곁에 다가가 어깨에 가만히 손을 얹었다.

"주군."

"응… 령아구나."

진천룡은 그제야 돌아보다가 부옥령 뒤쪽에 서있는 동방도혜와 곤척산을 발견했다.

"도혜, 어서 와라."

진천룡은 곤척산이 누구냐고 묻지도 않고 부옥령에게 말했다.

"술 마시자."

"술상 봐달라고 어머니께 말씀드렸어요."

"잘했다."

진천룡의 그리움을 달래주는 것은 술밖에 없다. 그는 동방도혜를 쳐다보았다.

"도혜, 너도 술 마실래?"

동방도혜는 머뭇거렸다.

"저는 집에 가서 저녁 준비를 해야 됩니다."

부옥령이 넌지시 끼어들었다.

"훈용강을 부르죠?"

동방도혜는 집에 가서 남편인 훈용강을 맞이할 준비를 하려는 것이었다.

"그래. 용강을 불러라."

술상이 차려지자 진천룡은 그나마 조금쯤 활기를 되찾는 것처럼 보였다.

그는 잠깐만이라도 설옥군을 잊기 위해서 발버둥을 치는 것 같았다.

노대(露臺:발코니)에 요리와 술이 차려졌고 둥근 탁자에 진천룡과 부옥령, 동방도혜가 앉았다.

부옥령이 비로소 곤척산을 소개했다.

"주군, 제 수하예요."

"그래?"

"이번에 효성태자가 이끌고 왔던 고수들 있죠? 바로 그들이 제 수하들이었어요."

"음."

진천룡은 고개를 끄떡였지만 건성으로 듣고 있다.

설옥군 때문에 정신이 황폐하고 마음이 허한 것도 있지만, 부옥령이 하는 일이라면 전적으로 믿고 또 그녀를 의지하기 때문에 그다지 신경을 쓰지 않았다.

진천룡은 부옥령이 말하는 것의 결론만 들으면 된다. 그것을 듣고 나서 어떤 결정을 내리려는 것이 아니라 기억해 두려는 것이다.

부옥령은 곤척산을 가리키면서 사근사근한 목소리로 말을 이었다.

"원래 이놈들을 죽여야 하지만 저의 옛 수하들이라서 제가 거두려고요."

진천룡은 고개를 끄떡였다.

"그렇게 해라."

곤척산은 자신의 귀를 믿지 못하고 눈을 크게 떴다. 영웅문 주가 아무리 부옥령을 신임한다고 해도 이 정도는 아니다. 아니, 아니어야 한다.

부옥령은 곤척산에게 태연하게 말했다.

"너, 가서 수하들에게 자세히 설명하고 대기해라."

딴생각을 하고 있던 곤척산은 깜짝 놀랐다.

"네… 넵! 알겠습니다!"

"랑아."

부옥령이 부르자 청랑이 바람처럼 달려왔다.

"통위대주와 총전주를 불러라."

"네!"

청랑이 밖으로 달려가자 진천룡이 덧붙였다.

"용강을 불러와라."

부옥령은 곤척산에게 턱짓으로 밖을 가리켰다. 밖에서 대기하라는 뜻이다.

곤척산이 공손히 허리를 굽히고 나서 조심스럽게 밖으로 걸어가는데 진천룡이 그를 불렀다.

"자네, 이리 오게."

"에… 옛?"

곤척산은 소스라치게 놀라서 부옥령을 쳐다보았다.

부옥령은 아차! 하는 표정을 지었다. 진천룡은 어느 누구라
도 왔던 사람을 맨입으로 돌려보내지 않는다. 부옥령과 함께
왔으니 곤척산도 같은 식구다. 그러니까 같이 술과 요리를 마
시고 먹어야 하는 것이다.

부옥령은 자신의 실수를 깨닫고 곤척산을 불렀다.

"와서 술 몇 잔 마시고 가라."

"……?"

이런 일이 익숙하지 않은, 아니, 평생 한 번도 겪어보지 않았
던 일에 곤척산은 어리둥절했다.

우물쭈물하는 곤척산 귀에 부옥령의 천둥 같은 목소리의 전
음이 전해졌다.

[당장 와서 앉지 못하겠느냐? 주군께는 자신에게 온 사람은
무조건 술을 마시게 해서 보내는 규칙이 있다!]

"……!"

곤척산은 쏜살같이 달려와서 부옥령이 턱으로 가리키는 의
자에 앉았다.

진천룡은 곤척산을 자리에 앉도록 했을 뿐이지 그에게 눈길
조차 주지 않고 혼자 술만 마시다가 한참 지나서야 동방도혜에

게 말했다.

"강아는 잘 크지?"

"네… 네!"

동방도혜는 화들짝 놀라서 벌떡 일어섰다.

진천룡은 미소를 지었다.

"네 살이지?"

"네……"

"한창 개구질 때구나."

훈용강과 동방도혜 사이에서 태어난 아들 훈예강은 세 살 때 할머니, 즉, 동방도혜의 모친이자 검황천문 태문주 동방장천의 부인을 따라서 영웅문에 왔었다.

부옥령은 생각난 것처럼 진천룡에게 말했다.

"도혜가 한매당주 지위를 맡지 않았대요."

"응? 어째서?"

일전에 동방도혜는 자신이 이끌고 온 검황천문 주작전 고수 백육십육 명으로 영웅문 외문의 한매당을 창설하고 한매당주가 됐었다.

부옥령은 동방도혜를 보면서 책망하듯이 말했다.

"도혜는 사백 년이 넘은 공력을 지니고 있어서 본문의 십대고수 중 한 명이에요."

'사… 백 년 공력이라고?'

좌불안석하여 술이 코에 들어가는지 입에 들어가는지도 모르고 있던 곤척산은 동방도혜가 사백 년이 넘는 공력을 지니고 있다는 말에 혼비백산해서 그녀를 쳐다보았다.

"그런데 도혜가 한매당주 지위를 다른 사람에게 맡기고 집에서 바느질하고 요리만 하는 것은 본문으로서도 큰 손실이라고 생각해요."

진천룡은 고개를 끄떡였다.

"그건 그렇구나."

동방도혜는 가슴이 덜컥 내려앉는 듯한 표정을 지었다.

"주군, 그렇지만 저는 제게 찾아온 소중한 행복을 놓치고 싶지 않아요."

그녀의 뜻밖의 말에 진천룡은 의아한 표정을 지었다.

"소중한 행복?"

동방도혜는 진천룡을 바라보면서 두 손을 맞잡고 간절한 표정을 지었다.

"저는 집에서 가사를 돌보면서 남편의 내조를 하고 아이를 기르고 가르치는 일이 훨씬 더 좋아요. 예전에는 이런 게 행복인 줄 몰랐어요."

사 년여 전에 동방도혜는 훈용강과 동거를 했었는데 부친인 절대검황 동방장천의 방해로 훈용강과 강제로 헤어져야만 했었다.

그 이후 그녀는 검황천문에서 금족령이 내려진 채 살았는데 임신이 됐다는 사실을 나중에 알게 되어 모친의 도움으로 아들을 낳았다.

이후 그녀는 아들을 모친에게 맡기고 검황천문 주작전주가 되어 싸움터로만 돌아다녔었다.

그렇게 삼 년이 지난 어느 날 동방도혜는 오빠 동방해룡과 함께 고수 삼백여 명을 이끌고 영웅문을 공격하러 왔다가 패하고 그 자리에서 훈용강과 재회했었다.

두 사람은 서로 여전히 열렬히 사랑하고 있다는 사실을 확인하고는 진천룡의 지지하에 영웅문에서 정식으로 혼인식을 올리고 부부로서 살게 되었다.

동방도혜는 두 손을 가슴에 얹고 진심 어린 표정으로 말했다.

"주군, 저는 지금 너무도 행복해서 마치 꿈을 꾸고 있는 것만 같아요. 제발 저의 이 행복을 깨지 말아주세요."

＊　　　　＊　　　　＊

진천룡은 동방도혜의 말에 즉시 그녀가 무엇을 원하는지 알아차렸다.

동방도혜는 마침내 자신이 무엇을 원하는지 깨달았으며 그것을 위하여 헌신하고 있다.

그녀의 목표는 남편, 아이들과 함께 누가 죽거나 다치는 일 없이 오순도순 정답게 사는 것이다.

넘보지 못할 정도로 큰 소망이 아니라 세상의 모든 사람들이 그렇게 살아가고 있다. 그녀도 그런 걸 원하고 있을 뿐이다.

그것이 현재 그녀가 추구하는 가장 높은 가치이며 이상이다. 누군가는 최고의 목표를 무공 증진에 두고 또 어떤 사람은 천하 무림을 제패하는 것이라든지 해탈이나 초월 같은 것에 두기도 한다.

그런 것처럼 동방도혜가 원하는 최고의 가치는 사랑하는 사람들과 단란하고 소박하게 살아가는 것이다.

진천룡이 허락을 하려는데 부옥령이 먼저 나섰다.

"지금 한매당주는 누가 하고 있지?"

동방도혜는 초조한 표정으로 대답했다.

"정향 향 매가 하고 있어요."

훈용강은 두 명의 부인이 있는데 첫째 부인이 동방도혜이고 둘째 부인이 정향이다.

부옥령은 미간을 좁히고 자신의 의견을 말했다.

"솔직히 정향은 한 조직을 이끌어 나갈 정도는 못 돼. 한매당 인원이 몇 명이나 되지?"

"이백삼십 명이에요."

"많이 늘었군."

이럴 때의 부옥령은 곤척산이 예전에 알고 있는 바로 그 흑봉검신의 모습이다.

동방도혜는 자신 없게 대답했다.

"영웅문 전체 인원이 늘어나니까 한매당에게도 인원이 할당된 거예요."

"알고 있어. 그러니까 내 말은 이백삼십 명이나 되는 많은 인원을 정향이 이끌기는 역부족이라는 거야. 정향은 부당주가 어울려."

"그러시면……."

동방도혜는 참담한 표정을 지었다. 그녀는 영웅문에서의 부옥령의 힘을 잘 알고 있다.

부옥령이 어떤 결정을 내리면 대부분의 일이 그대로 실행에 옮겨진다.

문주인 진천룡이 그녀를 전적으로 신뢰하기 때문에 제동을 걸지 않는다.

부옥령은 동방도혜를 보면서 엄숙하게 말했다.

"도혜가 한매당주를 계속 맡아줘."

동방도혜는 착잡한 표정을 지었다.

"좌호법님……."

진천룡은 빈 술잔을 부옥령에게 내밀면서 조용히 말했다.

"괜찮다. 도혜는 집안일에 충실해라."

"주군……."

동방도혜는 크게 감격하며 눈물을 글썽거렸다.

진천룡이 부옥령의 명령을 일언지하에 잘랐으나 그녀는 아무렇지도 않은 표정이다.

진천룡은 부옥령이 내미는 넘치는 술잔을 받았다.

"령아가 한매당주를 물색해 봐라."

"정향은 어쩌죠?"

"향아도 원하는 대로 해줘."

"알겠어요."

그때 훈용강과 정향이 들어와 진천룡에게 공손히 포권지례를 했다.

"주군."

훈용강은 정향을 가리키며 말했다.

"같이 퇴근하는 길이었습니다."

"앉게."

동방도혜 옆에 앉은 정향이 진천룡을 보며 공손히 말했다.

"들어오다가 주군 말씀 들었습니다."

진천룡은 고개를 끄떡였다.

"그래, 원하는 게 뭐지?"

"한매당을 맡고 싶지만 능력이 못 미칩니다."

진천룡은 고개를 끄떡였다.

"괜찮아. 처음부터 잘하는 사람은 없어."

"저는……."

"그러니까 한매당주를 하고 싶은 거지?"

정향은 앉은 채 고개를 깊이 숙였다.

"그… 렇습니다."

"그럼 해라."

"고… 맙습니다."

정향은 눈물이 나려는 것을 겨우 참았다. 자신이 한매당주의 그릇이 못 된다는 사실은 그녀 스스로가 가장 잘 알고 있었다.

　그것 때문에 매우 고심했었는데 그런 상황에 진천룡의 말은 큰 위로가 되었다.

　진천룡은 훈용강에게 손수 술을 따라주었다.

　"용강, 자네가 향아를 많이 가르쳐 줘라."

　"명심하겠습니다."

　훈용강은 쭈뼛거렸다.

　"저… 주군."

　"응?"

　훈용강은 얼굴을 붉혔다.

　"혜 매와 향 매가 임신을 했습니다."

　진천룡은 눈을 크게 뜨며 반가운 표정을 지었다.

　"오……! 축하하네!"

　부옥령은 어이없는 표정으로 훈용강을 쳐다보았다.

　"능력 대단하네? 두 여자를 동시에 임신시키다니."

　훈용강은 머쓱한 표정을 지었다.

　"과찬이십니다."

　"칭찬 아냐, 이 색골아."

　훈용강은 머리를 긁었다.

　"죄송합니다."

　그때 취봉삼비가 요리를 갖고 들어와서 탁자에 차리다가 그

중에 화운빙이 훈용강을 눈으로 흘겼다.

"색골 맞아요."

동방도혜와 정향은 움찔하더니 둘이 똑같이 화운빙은 싸늘하게 쏘아보았다.

"무슨 말이죠?"

그녀들은 화운빙을 비롯한 취봉삼비를 처음 보기에 함부로 대하지 못했다.

그러나 겉보기에 화운빙은 십칠팔 세로 보여서 여차하면 혼쭐을 내주겠다고 별렀다.

그러나 화운빙이 누군가? 한 성깔 하는 데다 반로환동의 경지에 이르러 사십 대가 십칠팔 세가 되었으니 안하무인 눈에 뵈는 게 없는 것이 현실이다.

화운빙은 진천룡 뒤에 서서 팔짱을 끼고 턱으로 훈용강을 가리켰다.

"저 인간이 예전에 나한테도 껄떡거렸으니까요."

훈용강 양쪽에 앉은 동방도혜와 정향은 눈으로 캐묻는 듯 그를 쏘아보았다.

훈용강은 어이없는 표정을 지었다.

"어허~! 내가 언제 그랬소? 막말을 하다니……."

부옥령이 해맑게 웃으며 말했다.

"용강, 네가 화운빙에게 찝쩍거린 일은 나도 잘 알고 있는데 발뺌하는 것이냐?"

"⋯⋯!"

훈용강은 얼굴이 붉으락푸르락하면서 아무 말도 하지 못했다.

정향이 어이없는 표정으로 훈용강에게 물었다.

"저 낭자는 기껏해야 십칠팔 세인데 당신이 예전에 그녀에게 찝쩍거렸다면 도대체 저 낭자가 몇 살 때였나요?"

정향은 설마 훈용강에게 어린 소녀를 좋아하는 취미가 있는 것인지 닦달하는 것이다.

훈용강은 구해달라는 표정으로 부옥령을 쳐다보았다.

그러자 부옥령이 웃으면서 설명했다.

"운빙은 너희 둘보다 나이가 많다. 주군께서 은혜를 베푸셔서 반로환동의 경지에 올라 십칠 세 소녀가 된 것이다."

"아⋯⋯."

반로환동이라는 말에 동방도혜와 정향은 경악한 얼굴로 화운빙을 바라보았다.

이들 세 사람 중에서는 동방도혜가 사백십 년으로 공력이 제일 높다.

그런데 화운빙은 그런 동방도혜보다도 일 갑자나 공력이 더 고강하다는 것이니 어찌 놀랍지 않겠는가.

부옥령은 훈용강 대신 동방도혜와 정향에게 해명해 주었다.

"용강은 운빙에게 아무런 감정이 없다. 예전에 운빙이 하도 꼴사납게 구니까 골탕을 먹이려고 장난을 친 적은 있지만 나쁜 짓은 하지 않았어."

훈용강은 부옥령에게 고개를 넙죽 숙였다.

"고맙습니다."

부옥령은 두 손으로 취봉삼비와 동방도혜, 정향을 불러 일으켜 세웠다.

"너희들, 서로 인사해라."

탁자 옆에 다섯 여자가 서로 마주 보고 섰으며, 부옥령이 양쪽을 소개했다.

"이 세 명은 취봉삼비라고 하는데 주군께서 새로 거두신 여종들이다. 그리고 이쪽은 용강의 부인들인데 주군께서 매우 신임하는 간부들이다."

부옥령의 소개는 간결하면서도 아쌀했다.

다섯 여자는 서로 이름을 대면서 인사를 나누었다.

그때 옥소와 한림이 급히 들어와서 진천룡에게 공손히 인사를 올렸다.

"주군을 뵈옵니다."

부옥령이 옥소에게 명령했다.

"그들 모두 해혈하고 풀어줘라."

"알겠습니다."

부옥령이든 옥소든 진천룡 측근들은 왜냐고 반문 같은 것은 일절 하지 않는다.

부옥령은 이번에는 한림에게 명령했다.

"백 명이 숙식할 곳이 있나?"

영웅문 내문총관 겸 내문총당주인 한림은 잠시 생각하다가 대답했다.

"두 곳에 분산하면 가능합니다."

"두 전각이 떨어져 있나?"

"아닙니다. 마주 보고 있으며 쌍영웅각 배후에 있습니다. 새로 지은 지 얼마 안 됩니다."

부옥령은 고개를 끄떡이고 곤척산을 가리켰다.

"이자에게 그곳을 가르쳐 주고 백 명에게 필요한 물품들과 숙수, 하녀들을 배치하도록 해."

"명을 받듭니다."

일사천리로 진행하는 부옥령의 명령은 속이 다 후련했다.

옥소와 한림이 가려고 하자 진천룡이 말했다.

"두 사람은 일 마치고 와라."

일 마치고 와서 같이 술 마시자는 속뜻을 모를 리 없는 옥소와 한림이다.

"넵!"

두 사람은 우렁차게 대답하고 쏜살같이 사라졌다.

술자리가 무르익었을 때 은조가 조심스럽게 진천룡 곁으로 다가왔다.

[주인님.]

"응? 뭐냐, 조야?"

은조는 전음으로 불렀는데 꽤 많이 취한 진천룡은 육성으로 대답했다.

[드릴 말씀이 있어요.]

"그래, 해라."

부옥령이 은조에게 물었다.

"무슨 일이냐?"

그렇게 물으면서 부옥령은 은조의 표정이 매우 심각한 것을 발견했다.

[이상한 것이 보여요.]

그녀의 말을 듣는 순간 부옥령은 진천룡의 손을 잡아 방으로 이끌며 말했다.

"따라와라."

남창 조양문에서 극심한 중상을 당해 한 번 죽었던 은조는 설옥군이 회령반혼술이라는 기상천외한 방법을 시전하여 기적적으로 소생했었다.

그렇게 한번 저승에 다녀온 은조에게 신묘한 능력이 생겼는데 바로 신령자가 된 것이다.

신령자에겐 신령안이라는 또 하나의 눈이 있으며 그것을 통해서 미래를 볼 수가 있다.

부옥령은 은조와 마주 서서 그녀의 눈 안을 깊이 들여다보며 신령안을 찾으려고 했으나 실패했다.

한 번 더 해보고서도 실패하자 부옥령은 진천룡을 은조 앞에 세웠다.

"주군께서 해보세요."

일전에 설옥군이 방법을 제시하고 진천룡이 치료해서 은조를 살렸었기에 오로지 그만이 신령안을 볼 수가 있다.

부옥령이 진천룡을 잡고 은조 앞에 세우면서 그의 체내에서 취기를 깡그리 배출시켰다.

"어디 보자."

정신이 투명할 정도로 명료해진 진천룡은 두 손으로 은조의 양 뺨을 잡고 얼굴을 가까이 가져갔다.

진천룡은 심안을 일으켜서 은조의 눈동자 안으로 가라앉듯이 파고들었다.

두 사람의 이마가 붙은 상태에서 진천룡의 심안은 아래로 아래로 가라앉아 마침내 회색의 둥글고 커다란 문처럼 생긴 눈을 발견했다.

신령안이다.

그는 거침없이 신령안 속으로 스며들었다.

스으으……

부옥령은 옆에서 그 모습을 지켜보며 부디 아무 일도 아니기를 두 손 모아 간절하게 빌었다.

그런데 그녀의 눈에 진천룡의 몸이 부들부들 떨리고 있는 것이 보였다.

"주군……."

그러나 그녀는 진천룡의 몸에 손을 대지 못하고 그를 바라보기만 할 뿐이다.

"흐으으……."

그러더니 진천룡 입에서 마치 귀신을 본 것 같은 괴이한 신음이 흘러나왔다.

그러고는 그의 얼굴이 새하얗게 탈색되었다.

부옥령은 초조함이 극에 도달하여 온몸의 피라는 피가 다마르는 것 같았다.

그렇지만 진천룡이 은조와 마주 보고 서서 신령안을 보고 있기 때문에 어떤 도움도 줄 수가 없어서 안타까울 뿐이다.

그런데 바로 그때 진천룡의 목이 옆으로 확 꺾였다.

우둑!

"끄윽……!"

그러더니 옆으로 무기력하게 쓰러지는 것이 아닌가.

스으으…….

부옥령은 급히 진천룡을 잡아 조심스럽게 부축하여 침상에 눕혔다.

진천룡은 침상에 반듯하게 누워서도 목이 오른쪽으로 심하게 구부러진 모습이다.

그러나 부옥령으로서는 그의 목이 부러진 것인지 어떻게 된 것인지 알 도리가 없다.

"주군."

고함을 지르고 싶지만 그러면 진천룡이 해를 입을 것 같아서 조용히 불렀다.

은조는 자신이 무슨 죄라도 저지른 것처럼 여겨서 아무 말도 못하고 눈물만 흘리며 지켜보고 있다.

부옥령은 입술이 바짝 타서 두 손으로 진천룡의 손을 꼭 잡고 불렀다.

"주인님."

누가 있을 때는 '주군'이라고 부르지만 지금은 그런 걸 가릴 때가 아니었다.

『붕정대연가(鵬程大戀歌)』16권에 계속…